U0896844

文老十六行

诗300篇

文狸先生◎著

图书在版编目（CIP）数据

文老十六行：诗 300 篇 / 文狸先生著. -- 北京：九州出版社，2020. 4

ISBN 978 - 7 - 5108 - 9103 - 8

Ⅰ. ①文… Ⅱ. ①文… Ⅲ. ①诗集—中国—当代 Ⅳ. ①I227

中国版本图书馆 CIP 数据核字（2020）第 064230 号

文老十六行：诗 300 篇

作　　者	文狸先生　著
出版发行	九州出版社
地　　址	北京市西城区阜外大街甲 35 号（100037）
发行电话	（010）68992190/3/5/6
网　　址	www. jiuzhoupress. com
电子信箱	jiuzhou@ jiuzhoupress. com
印　　刷	三河市华东印刷有限公司
开　　本	710 毫米 ×1000 毫米　16 开
印　　张	20
字　　数	224 千字
版　　次	2020 年 4 月第 1 版
印　　次	2020 年 4 月第 1 次印刷
书　　号	ISBN 978 - 7 - 5108 - 9103 - 8
定　　价	95. 00 元

写给《文老十六行——诗300篇》的编辑和读者们（代序）

首先感谢你们选择了《文老十六行——诗300篇》这本诗集作为你们的读物。

众所周知，我们国家正在实现的中华民族伟大复兴，坚持的是“四个自信”。中国特色社会主义道路自信、理论自信、制度自信基本上已经实现，惟有文化自信还未如火如荼地展开。在这个历史关键时期，我们迎来了千载难逢的历史机遇。2019年6月16日出版的第12期《求是》杂志发表了习近平同志的重要文章《坚定文化自信，建设社会主义文化强国》。这是“高尔基的海燕”发出的那一声“嘶鸣”，这是历史的号角，这是文化的春天到来的前奏。抓住机遇，与时俱进，是每一个文化工作者义不容辞的责任和担当。《文老十六行——诗300篇》正是在这样的历史召唤下，坚持跟党走，以党的指引为己任，横空出世。

在我们辉煌灿烂的民族文化里，有太多可圈可点的成就。中国的“商籁体”，中国的“诗三百”，无不带着浓厚的民族烙印和民族基因，为世人所知晓。中国的“商籁体”说白了就是中国的“十四行诗”。而“十四行诗”的发生，是在欧洲的文艺复兴时期。其中最杰出的诗人之一就是十四世纪意大利诗人彼特拉克，他创造了

"十四行诗"，他的"十四行诗"被后世称为"彼特拉克体"十四行诗。之后，世界各地的历代诗人竞相仿效，成功者有莎士比亚、普希金等文学大师。莎士比亚的十四行诗被后世称为"莎士比亚体十四行诗"；普希金的十四行诗被后世称为"奥涅金体十四行诗"，因为普希金写了一部诗体小说《叶甫里尼·奥涅金》，其在整部小说里都用了他自己创制的这种诗体。这都是历史的成就。作为欧洲的抒情诗体的十四行诗经久不衰，悬挂在历史的天空上熠熠闪光。而中国的"商籁体"，是洋为中用的移植。

接下来再说说"诗三百篇"。作为《诗经》别称的"诗三百篇"，是中华民族第一部诗歌总集，是周代前段五百多年间的诗歌选录。它包括风、雅、颂三部分。"风"就是十五国风，一百六十篇；"雅"就是小雅、大雅，合称"二雅"，一百零五篇；"颂"就是周颂、鲁颂、商颂，合称"三颂"，四十篇。《文老十六行——诗300篇》中的"诗三百篇"，就是古为今用的标志。那么《文老十六行——诗300篇》中的"十六行"又是怎么回事呢？众所周知，中国诗歌的巅峰在唐朝，中国诗词的巅峰在宋朝。中国诗歌的最基本形式是"律诗"。所谓"律诗"就是八行诗。而后出现的"绝句"，无非是"律诗"的变化。"绝句"也称"截句"，就是截取"律诗"的一半成篇。到了宋朝，词一统天下。所谓词，就是"律诗"的变种，俗称"长短句""诗余""曲子词"等，其特点是"七言""五言"为主，间以其余。包括元曲，也是在唐诗、宋词后出现的一个变种，其特点就是俗语入曲，允许用"衬字"。而《文老十六行——诗300篇》，则是兼收并蓄诗词曲之长，揉而化之；同时借鉴国外诗歌创作之成就，使古今中外之营养皆为其所吸纳。《文老十六行——诗300篇》既有长律之长，又有上下阙之变，同时不拘于"七言""五言"

的桎梏，灵活而不拘谨，开放而不保守。既有中国诗的特征，又有外国诗的精粹，与中华民族伟大复兴的开放胸襟相颉颃，不忘初心，比翼双飞。中国的方块字是世界上独一无二的字形，令字母文字不可企及。所以“文老十六行”的每一首诗才能摆放得那么整齐，如同一件衣服的两片前襟，又像一件衣服的前后片，既有对称美，又有绣花拿撮之点缀。中国文字的四声变化也是令高低音、长短音、强弱音叹为观止的一个元素。所以我们的诗属于世界上独一无二的音节音调诗律。这些在《文老十六行——诗300篇》的三百首诗里都不一而足地得到了发挥和运用。此外，《文老十六行——诗300篇》这种诗体，是文狸先生历时三十多年在兼收并蓄“古为今用，洋为中用”基础上推出的“中国创造”。它既不同于“商籁体”，也不同于唐诗、宋词、元曲，而是一种新诗体。这种诗体全部采用八八结构，一韵到底；每行的字数相等，允许跨行；不拘于七言，但第一行字数一旦确定，中间不允许增减；除了在韵上要求一韵到底，对平仄、对仗予以放宽，从而把不对称美引入诗歌。《文老十六行——诗300篇》中的每一首诗都在启迪人们热爱生活，享受生活，从生活的环境中和一举一动里发现乐趣，找到乐趣，与天地谐和，与自然交融，达到“万物在我中，我在万物中”的境界。人的喜怒哀乐在所处的环境里都能找到对应的物事与之契合，从而给生活增加丰富的想象和无限的快乐。

历史赋予了我们这个时代以机遇，我们只有抓住机遇，与时俱进，才不辜负历史。中华民族伟大复兴，其最终表现就是文化复兴。文化是民族性、人民性的，是一个民族延绵不息的血脉，是国家凝聚的力量。一提到中华文化，首先想到的就是唐诗宋词那优美的旋律和抑扬顿挫的铿锵。法国象征派大师、法兰西学院院士保尔·瓦雷里说了“散文是走路，诗歌是跳舞”，跳舞不是要跳到哪里去，而是为了展示一种美，是精神层面的，而不是纯实用性的，“跳舞是艺术，走路不是艺术”。斯太尔夫人说了，学习一种语言的诗律学，比学习任何别的东西都更能深入到该国的精神世界中去，因为它属于想象与民族性格中最精细、最无以名状的范畴。诗歌作为世界上公认的文学桂冠上的明珠，理应扛起中华民族伟大复兴的大旗。所以，中华民族的伟大复兴离不开诗歌，更离不开为了最具民族性的诗歌和诗人们的共同坚守。

最后我以“荣誉天平奖章”获得者的名义向历史的存在宣称：诗歌这块阵地没有丢，它依然还在我们手里！

文狸先生

己亥年六月初九

目　录
CONTENTS

不忘初心　方得始终

日复一日年复一年
周而复始日月旋转
也不知道是哪一天
人间忽然地覆天翻
乾坤让大地问高山
高山冲大地飞飞眼
相视一笑心照不宣
默默无语面对着面

不忘初心如水之源
牢记使命离弦之箭
改革开放就在身边
日月为证可圈可点
哪怕是沧海变桑田
抑或是沟壑成山峦
不忘初心汇成一片
青山绿水锦绣人间

开放的中国

日新月异正代表一种实际
把祖国变化说给世界各地
一带一路就更用不着谦虚
藏着掖着像怕谁知道似的
看国家每天在举办的会议
就知道中国世界上算老几
祖国发展的可不光是经济
还有中华文明和政治声誉

国际列车已不算什么稀奇
开放的中国已敞开了内地
看航空港在这里拔地而起
不正代表祖国开放的诚意
不同的肤色在这川流不息
把世界浓缩成地球村一隅
从东村到西村洋溢着喜气
大团结的世界已经建立起

中国万岁

从这块宝地诞生人类
地球上就多了一种美
从南海之滨到大漠北
滚滚历史就高潮不退
大秦帝国犹一声惊雷
大汉天子高举起口碑
唐宋金元看如痴如醉
明清王朝各领三百岁

中华民国到人民共和
可以说是主义的腾飞
曾经的帝封官都退位
拱手让给了和谐社会
富强的中国淡扫蛾眉
出落成一个绝世宝贝
世界已管不住那张嘴
异口同声喊中国万岁

致乖妞

你总觉得自己还不够优秀
你已把多少人甩到了身后
公费出国读博还不算成就
非到学成归来才算是彩头
不忘初心让莘莘学子坚守
牢记使命把未来世界锦绣
人生就是一场马拉松竞走
不懈努力为自己加油加油

百万英镑就好似一个水沤
浮在水面被雨点子虚乌有
那是国家的钱把你来造就
可见国家对你有多么优厚
培养一个洋博士所费足够
培养几个土博士跂足翘首
悠着点万里长征才刚开头
祖国的未来握在你辈的手

祖国啊我的幸福窝

祖国啊你才是我的窝
外面多好都不属于我
只有你才让我乐呵呵
就好像掉进了福窝窝
里面温暖里面更祥和
比外面可真强得太多
没有歧视也没有鄙薄
只有一家人那种感觉

祖国啊你才是我的窝
外面再好都是别人的
只有你是我心的巢穴
你让我尝到了一种乐
你让我嚼出了那快活
你让我深爱得了不得
你让我有了活的感觉
你就是我要的幸福窝

戊戌年端午赠一王斋先生

技道合一的几十年践行
技法与画理的水乳交融
一涂一抹都透出来真功
信手拈来顿觉虎虎生风
力透纸背不值得很称颂
关键是那一笔画龙点睛
啧啧称奇的是叶公好龙
活灵活现是一片叫好声

心与心的碰撞无须沟通
魂与灵的默契在于从容
天人合一全赖自然之功
心有灵犀方能了悟真经
画非画而是流淌的心灵
书非书而是平素的德行
字如其人并不是不好懂
惟有君子才能高屋建瓴

一元饔飧

——赠袁荷刚院长

千古腐败源于吃无论官职
纵有家财万贯抵不住腐蚀
纣用象箸箕子怖千年旧事
酒池肉林留下了多少深思
看滔滔黄河桀纣葬身于此
问滚滚长江细节不得而知
哪个不是起小做大不当事
到头来落得个人为财而死

一元饔飧再不用出外觅食
沟满壕平谁还借饥馑生事
民以食为天是不争的事实
省下的时间可以做多少事
时光流水不会为谁而停止
日月如梭一点点编织历史
纵然我的获得感仅在于此
也是新时代给予我的恩赐

白天不懂夜的美

清醒的白天笑赏云霞纷飞
无论怎样也不会懂夜的美
夜品着酣畅双目举起酒杯
一眨一眨的眼恰喝酒的嘴
鼻翼忽闪着好似双翅在飞
飞蛾扑火心里面装着领会
耳朵竖起来聆听酒的滋味
夜的浓度早已把天空灌醉

星月探头探脑嘴里流口水
目不转睛恨不能把盏举杯
湖里的鱼鳖也在摇头摆尾
他们欢畅的样并不知夜黑
风吹动的一切真像都喝醉
左摇右晃个个都直哆嗦腿
连看的人都已觉得腿站累
而他们对此根本不加理会

在心情上驰骋

人生极乐是在心情上驰骋
跃马扬鞭哪怕是天马行空
所有的烦恼都化作耳边风
嗖嗖甩到脑后只有这心情
这种畅快局外的人不会懂
酣畅淋漓一切都发自心中
如云般自在飘忽在那梦中
如风般自由早已四大皆空

此刻的我就在心情上驰骋
跃马扬鞭就好似天马行空
所有的烦恼都化作耳边风
嗖嗖甩到脑后只有这心情
这种畅快说给人也不会懂
酣畅淋漓一切都在不言中
如云般自在飘忽在醒梦中
如风般自由享受四大皆空

向平淡要安宁

轰轰烈烈并非生活的主角
大部分时间还是平淡世界
平淡会显得寡味甚至并且
让人想打破这种极端和谐
是嫌寡味索然活得没知觉
才想让生活变得轰轰烈烈
可知轰轰烈烈也是一种邪
能让平淡也成为一种知觉

向平淡要安宁是一种境界
不是谁都能融入平淡世界
心里的欲求总显得很特别
有平淡生活又想轰轰烈烈
人之心性不定简直很戏谑
折腾自己还觉得不可或缺
能过上平淡日子已很稀缺
不要恣意妄行把这给毁了

白天和醒着的夜

萎靡不振使阴天可恨
厚厚的云层裹这么紧
是怕伤风感冒还是困
竟然这样一点不搁人
还蒙着头把脑袋缩进
被窝里一点不管不问
天下事和身边的我们
哪里还有太阳的胸襟

醒着的夜倒满天星辰
汇聚在一起彼此谈论
人间的事和世上的人
指指点点一点不犯困
遇上月亮在都很当心
心照不宣交换着眼神
怕月亮是太阳的情人
感情的事最好不过问

花　朝

又到二月十五天色好痛苦
看上去每根神经都已麻木
没有风来也没有雨来光顾
更没有什么值得欢欣鼓舞
西干道的老君庵庙会是不
也像这天一样充满了恐怖
昔日的繁华热闹景象已不
再重现取而代之的是酸楚

苦日子里有多少快乐幸福
把岁月装点至今历历在目
经济发展了相对倒不知足
每天的日子就像进了坟墓
亲爱的人一个个舍我不顾
我就像被他们抛舍的粪土
离我而去的父亲在不远处
正语重心长轻声对我叮嘱

太阳躲到云层后

太阳躲到云层后张着笑口
像哄孩子的大人说他已走
全都看破了唯独孩子心揪
相信他所说的相信他已走
看放声大哭就像一个小丑
怕他不要他把他丢在街头
心里这个痛哭得天都颤抖
乐得观看的人全笑出了口

已经这样太阳还不肯露头
不知他还要等到什么时候
玩笑开大了孩子不住泪流
哭得泪人一般身体直发抖
这样的大人脸皮可真够厚
在一片叱责声里才灰溜溜
吓唬孩子不可以这样过头
看可怜的孩子抽噎还在抽

又逢愚人节

那年那月正在小冀镇狩猎
一条短信搅得我差点咯血
手机震动处按摩着阿是穴
熟悉的号码唤醒我的知觉
来信说人已到机场速来接
全然不会想到是一个戏谑
电话打过来唬得胆都发怯
原来这日是西方的愚人节

这小闹闹玩笑开得真叫绝
晴空霹雳差一点被她摔跌
哎咳什么愚人节不愚人节
分明就是滚锅里涮的鸭血
变色的玩笑味道倒很特别
一道佳肴靠佐料增添感觉
不知不觉今天又逢愚人节
曾经的一切都化作了幻灭

你到底有多温柔

春天你到底有多温柔
总用风扯着人的衣袖
别看树都为你晃着头
那是他们在登台献丑
云霞却不然远远地瞅
看你究竟会如何表露
你的泼辣真绝无仅有
让人见了不免得犯愁

收敛些吧可爱的小丑
穿得花花绿绿还不够
还要满脑袋插上锦绣
把自己装扮得很少有
你有泪吗怕只会干吼
打动你心的人还没有
别逢场作戏那样很丑
你不会伤心不会泪流

春风啃着脸的感觉

花枝招展的春天徒然耐看
却不会亲热所以才讨人烦
整个一只母老虎看那气焰
嚣张得逮谁亲谁啃人的脸
真不知她是少女还是家眷
那份激情来得都已出了圈
该背讳点就背讳点若不然
会吓得人人都怕她惹麻烦

春风烦人已不算什么新鲜
可是不想遇见又偏偏遇见
头痛的事总这么没了没完
伤风感冒就像是家常便饭
春风多情多情得让人厌烦
还不如见她流泪那种待见
一个女人就应该学会缠绵
何必要装男儿有泪不轻弹

聆听夕阳

辉煌了辉煌了最后的光
鼎沸的人声在光里激荡
千帆竞渡朝彼岸的方向
混合成一阙光彩的交响
每一个音符都透着铿锵
怦然击打着世人的心脏
仿佛拍打在岩石上一样
飞花四溅散成一天浮光

消逝了消逝了余音绕梁
一抹残霞消逝在天之央
感觉不断在耳膜里回响
真犹如泻向尾闾的汪洋
颜色渐浓笔透纸背的样
一笔一画都带给人遐想
留白的地方钻出个月亮
繁星点点给领唱者伴唱

巴盟焖面

巴盟焖面异域风情的家常便饭
吃上一锅至今忘不了她的口感
她不似饹团让人留下一腔遗憾
更不似那般名不副实的老虎山
那分实在盛得冒尖的一锅焖面
填饱了饥饿满足了一个大肚汉
山珍海味相形见绌得简直扯淡
一桌大餐也抵不过对她的垂涎

巴盟焖面一去竟变得那么遥远
飞机都嫌慢要去只能够坐火箭
火箭不能坐那就只能够乘飞船
飞船不方便乘着梦只需一瞬间
过屠门而大嚼怎比得活灵活现
在人的梦里享受那绝妙的口感
含在嘴里竟舍不得贪婪地下咽
细细品味体会表里如一的一面

来去匆匆

大昭寺前我在冰雪上蹒跚
一步一滑来到老街的门面
琳琅满目真真信步在草原
各种商品都带着异域风烟
目不暇接使我的激情缱绻
恨不得把这物件多选几件
带给亲人带回去一些稀罕
装饰分享装饰开化的中原

满街的人我却感到很孤单
迷失了方向忘下榻的宾馆
打车回去却只转了一个弯
宾馆就在那一条街的对面
来送行的人此刻还没露面
天上又飘起雪花带来的寒
急急忙忙中不意飞机误点
有谁能够了解我归心似箭

让太阳转达

让太阳转达我对你的牵挂
捎去春天正盛开的每朵花
还有含苞待放未吐的新芽
连同我的祝福送到你的家
这些祝福和礼物虽不算啥
却是我的情谊与树花同发
灿烂的太阳是我向你表达
心里的感受和心里的想法

让太阳转达我的每一句话
都如春天正盛开的朵朵花
还有含苞待放未说出的话
带着我的情谊送到你眼下
这些情谊和关爱虽不算啥
却是我的心绽放出的礼花
明媚的春天使我和你萌发
花样的念头和蓬勃的我俩

雨天即景

稠密的云挡住了那个太阳
灰蒙蒙的树叶挡在头顶上
挡住那果挡住鲜艳的光芒
咋看咋像长熟的苹果一样
怎么会看不见在云彩上方
就在那个枝头那个树梢上
就那么一颗看到的人都想
是否能吃不知味道怎么样

树叶在颤动什么掉在脸上
也不知是虫卵还是什么呀
像水珠又像冰粒似那么凉
也不知是不是灰尘掉脸上
打得睁不开眼强撑着眼眶
脸朝天上约摸着劲朝上望
哦是水滴那果渗出的汁浆
从云彩里面从茂密的叶上

心乱如麻

我的心好乱乱成了线团
理不出头绪找不到根源
缠绕着我像缠着的蚕茧
想变成飞蛾直扑向火焰
飞蛾扑火是不是太笨蛋
怪那趋光性害得她贪恋
光明吸引的不单是眼线
还有那颗心的一成不变

我的心被困在蚕茧里面
蜕化不成飞蛾抖不开线
就这么被缠着满心胡乱
作茧自缚不正是我遗憾
不怕飞不高就怕没机缘
连飞的机会都没被成全
自由与死亡没什么关联
何必为自由而满腹抱怨

黑不溜秋的上午

今日立夏天色如此地尴尬
一反常态把连日高温拿下
靠着那雨淋浴大地的旮旯
涤荡了尘世才有的树和花
说来奇怪淋了一阵停水了
多亏大地没打肥皂才没那
人们经常碰到的那种尴尬
就算这样没洗透也不像话

黑不溜秋的上午一脸可怕
黑云压城城欲摧像要天塌
就像在淋浴间那种情景下
停电停水失了洗澡的办法
这般黑多像美人肤色堪夸
黑不溜秋何尝不是种造化
我的美人黑不溜秋的立夏
你带给我的是一种很潇洒

秩 序

草坪才理了发太阳乐开花
一天蔚蓝把阵阵香气散发
冲着人的鼻子冲着人眼下
直达肺腑沁人心脾的初夏
做操的男女个个横刀立马
精神头好得已经不在话下
与天地融合交织成一幅画
明暗动静都显得无比融洽

郁郁葱葱的树有些正开花
姹紫嫣红交相辉映天底下
给人的感觉不是心乱如麻
而是清新中对激情的按捺
此种心情已多少年没有了
今日找回怎能不怒放心花
仰望着蓝天俯视着脚底下
秩序井然就像心里的火把

虚　幻

天空白亮亮仙女们没穿衣裳
惊飞的一群仙女全没长翅膀
美丽的胴体泛着潋滟的波光
在人的眼睛里形成光的影像
芦笛声声是牧神午后的昂扬
飞天的仙女从湖沼里面奔放
海市蜃楼一般呈现我的远方
使我情不自禁让我心潮激荡

美丽的画卷让人时不时地想
走火入魔在人不觉得的地方
午后的美可知确实就是这样
完美无瑕像仙女们裸体一样
牧神的午后惊飞了一天白光
幻化成的知觉教人不无所想
仙女的胴体美得像什么一样
全都是虚幻只有这一天白光

快打开你的心扉

快打开你的心扉让我看到你的美
你的所思所想都会得到我的恭维
里面有陈设的家什有花香在迷醉
我的感官和我心里想要的一大堆
情爱还有我觊觎多年的真心面对
这种美比容貌还要更加难能可贵
在心灵深处在人脑髓并且不是谁
都能轻易看到的深藏内心的珍贵

快打开你的心扉让我看到你的美
毫不掩饰毫不避讳的那种大无畏
吐露你的心迹用你齿白唇红的嘴
滔滔不绝泻向我心灵的瀑布之水
我沐浴着你的畅所欲言还有光辉
还有我跃跃欲试与你呼应的奋飞
我喜形于色翩翩抖动着翅膀的美
与你共鸣同时向你敞开我的心扉

我倾听再度洪水的一只鸽子

泛滥的洪水淹没了整个大地
诺亚方舟使得人类得以延续
衔来橄榄枝的鸽子带来消息
茫茫的洪水中有了一块陆地
我倾听再度洪水的一只鸽子
仿佛听到翁加雷蒂自言自语
尽管我不知道什么叫做奥秘
尽管也不知道什么奥秘主义

可是我知道我早知道意大利
意大利有个人名叫翁加雷蒂
还有十一音节律经典的诗律
就像鸽子带来了复兴的消息
彼特拉克十四行诗的商籁体
就是这人举起文艺复兴的旗
我倾听再度洪水的一只鸽子
让淹没的诗歌再度重新崛起

想有一双太阳一样的眼睛

我想有一双太阳一样的眼睛
傲视地球月亮和稠密的繁星
我不怕我像太阳孤独地运行
因为我都看到了历史的天空
我不怕乌云遮挡也不怕雷霆
更不怕风霜雨雪来把我折腾
只要有一双太阳一样的眼睛
哪怕让我死掉也会情出由衷

我想有一双太阳一样的眼睛
照亮眼前正发生的一切事情
铭记在我心里铭记在那时空
让后来人看到哪怕啧啧有声
是的我不能给世界带来光明
但是我可以给世界带来感动
忙人骑瞎马夜半临深池扑通
仿佛听到了一蛙跳入水之声

敞着笑口的夕阳

敞着笑口的夕阳满面红光
笑得大地都在跟着他合唱
遥相呼应仿佛是一阕交响
声闻于天并传向四面八方
翠绿的植被和林立的楼房
还有路上川流不息的车辆
都达到高潮透着喜气洋洋
但绝不是人说的丧心病狂

敞着笑口的夕阳是否在想
大地上的一切都这么带样
他们喜欢和谐喜欢得发狂
给个机会就敢放开来胆量
不管认识不认识跟着就唱
唱得忘乎所以没一点伪装
是的人类就是大地的灵长
把个环境营造得像模像样

阳光又来照我情

钻过黑夜迎来黎明
看阳光又来照我情
转过弯头钻出烟囱
眼前一亮钻出山洞
真好比是绝处逢生
真好比是大梦初醒
我有了更多的理性
我重又获得了新生

钻过黑夜迎来黎明
转过弯头钻出烟囱
真好比是绝处逢生
我有了更多的理性
看阳光又来照我情
眼前一亮钻出山洞
真好比是大梦初醒
我重又获得了新生

投进的夜

投进的夜原来是场噩梦
愣把我从鼾睡里面惊醒
鼾声如雷一点也没有用
驱不散厉鬼给我的惊恐
我在醒着想这劫后余生
竟然找不到一点的心情
我怕夜怕夜再让我被动
睡不安稳为这受怕担惊

投进的夜原来是场噩梦
鼾声如雷一点也没有用
我在醒着想这劫后余生
我怕夜怕夜再让我被动
愣把我从鼾睡里面惊醒
驱不散厉鬼给我的惊恐
竟然找不到一点的心情
睡不安稳为这受怕担惊

抚慰我心灵的手

抚慰我心灵的手这么轻柔
如风轻轻梳理着河畔金柳
倒映在水面上的晶莹剔透
就像那一双瞅着我的眼球
我偷偷地咀嚼着这分享受
原汁原味的感觉袭上心头
这么淡这么柔水一样爽口
焦渴的心一下子得到拯救

抚慰我心灵的手呵着气流
传来掌心才有的那种温柔
柔柔的暖暖的吹在我额头
吹得刘海都在颤巍巍地抖
这是我的心在静静地享受
享受这只抚慰我心灵的手
我用眼光握住她的眼光哟
她正用她的手攥着我的手

制空权

你已丧失了对我的制空权
已不可能在我天空里出现
摒弃你在摒弃你的一瞬间
我才发现独立是一种尊严
我的天空并不是一成不变
你俨然乌云时常出来捣乱
你是雨是云做成的空气团
聚合的下场注定烟消云散

我已超越了对你的厌和烦
九霄云外是我幸福的乐园
我在自我之中拥有一片天
我的生命永远都天高云淡
你再也无权占用我的时间
我的时间就是我头顶的天
分分秒秒都是我有的空闲
而这空闲永远不允许作践

笑一笑

笑一笑烦恼一笑置之
笑逐颜开人才更充实
不要总去想过去的事
过去对人来说不是事
脚下总是路不是往事
肩上有负担才要脑子
人活百岁终究有一死
死得其所才叫做明智

笑一笑心会打开窗子
万般风景在窗外参差
美不胜收就在这一时
与人的笑容互成景致
你对人一笑快乐立至
投之一桃得到一李子
你的付出有回报扶持
何乐而不为假装矜持

如影随形的梦

汇入河流中我失去了身影
成群结队的鱼搅碎我的梦
我被践踏被蹂躏始终不醒
我热爱的人流是我的神经
川流不息的鱼让我神经痛
扰扰攘攘总牵动我的神经
抽刀断水水更流付诸一生
不知哪里是身影哪里是梦

人在身影里活人在梦里生
身影里的梦啊梦里的身影
我也是一尾鱼鱼把我象征
我在人流里游在人流里停
游游停停停停游游做着梦
我的梦啊我超敏感的神经
不能绷太紧也不能绷太松
太紧了会断太松了没有用

秋　娘

清风徐徐吹来十月的幽香
看草甸油油树梢的叶泛黄
成熟的美在风中掀起波浪
一阵阵撩拨这鼻子和眼眶
那是个女人谁家孩子的娘
洒的香水化作了她的体香
在风中弥漫如笛音般悠扬
吹得人鼻孔都耐不住那痒

丰腴的十月金秋特有的狂
疯疯癫癫可比青春要嚣张
一招一式都透着成熟的样
只是体态稍显得有点点胖
那是种成熟的美不可估量
揽在怀里不会有青涩的犟
十月啊十月我迷恋的秋娘
我多不想看到你那脸霜降

艳艳红花正芬芳

那味道绝不亚于一朵奇葩
赏心悦目令心头舒爽有佳
品着你的味道贪恋你的傻
你是世上买不到的一种花
你不是塑料做成的塑料花
也不是石头雕成的石头花
你是生命绽放的一枝高雅
你是心灵长出的一种绝佳

艳艳红花正芬芳随风播撒
醉倒了蜗牛也醉倒了骡马
醉得耕者不省事呜里哇啦
说些连自己都闹不懂的话
季节陶醉了一直醉到眼下
醉得节季都变成了睁眼瞎
感受你只能用心而不是那
耳鼻口舌身俗世里的办法

美不胜收黄鹤楼

又登黄鹤楼已是经年又一秋
心情快意瀑泻在这楼前楼后
昔日茕茕孑立今日有人牵手
喜上眉梢挂在那幅匾额上头
交相辉映是两个人的心里头
喷薄的喜悦在这光线下弹奏
心曲的眼眸宛如舒展两只手
搭在钢琴上翩翩起舞的指头

龟蛇两座山俯视山下一道沟
此伏彼起把滔滔的曲调演奏
看铁路对千古画卷一展歌喉
隆隆的列车冲高铁的速度吼
仿佛二重唱不需要任何伴奏
一衣带水江南江北一团锦绣
武汉三镇把持在汉水入江口
三足虽鼎立最美还属黄鹤楼

让我的诗睡着

让我的诗安心睡着不要惊醒
别让铜臭和世俗搅了她的梦
她呼呼地睡着睡得多么痴情
除了香甜就是阵阵秋虫呢哝
月光入梦来她正然起舞弄影
扑哧一乐可见她的梦多随性
看梦的人心里像她一样高兴
看着我的诗看着诗里面的梦

诗睡着不需要考虑世事纷争
守着一方净土在里面自享用
羡慕的人总免不了啧啧有声
嫉妒的心像一只螃蟹在横行
夹住他们的愤怒夹住那骚动
恨不得夺走那诗里面的从容
诗睡着睡得简直都宠辱不惊
不用管钩心斗角那一种事情

幸　福

幸福的人不是有多少金银财宝
也不是有多少事可供自己炫耀
而是一种满足对生活感到美好
不幸福的人为什么那么多烦恼
因为他心里装的都是乱七八糟
对生活不满足整天里莫名其妙
搅得自己头昏不知道如何是好
幸福是种感觉恰到好处最重要

幸福来自于内心环境特别强调
环境造就人千万可不能瞎胡闹
有一种幸福叫追求没有人知道
这个过程才是生命的至关重要
结果可以忽略过程不能忽略掉
任何事缺了过程都是在瞎胡闹
幸福的内涵不同让人有哭有笑
真正懂得幸福的人才不去计较

形　胜

你的成熟比青春有形
就像蝴蝶比之于虫蛹
你的现在比过去有形
如天鹅与丑小鸭争宠
你会飞了见识了天空
你的心辽阔了你的梦
再不用在地面上抗争
羁绊过去的人之常情

你的现在比青春有形
成熟使你改变了面孔
你的翅膀比早先过硬
给你的人生新的环境
你自由了超越了理性
在自由王国里更从容
未来已不再是梦中景
而是任你来去的天空

落雪的树

雪花不是花是像花的雪片
如若说是花也都是些花瓣
谁摇落的片片无蒂的花瓣
如花雨从摇动的树枝上面
坠落下来落到这里的地面
偌大的树冠遮住人的眼见
落花的树只是长在了一块
并非无边无沿的区域上边

走出树下仍还能够看到天
不像在这树荫遮没的下面
雪花就是擎着浓云的树上
飘落下的花雨一样的花瓣
为什么看不到树干为什么
这棵树长得这么奇怪早先
并没想恁多只是在心里边
纳闷是谁在摇动这棵树玩

好冬不须雪

冬晴出的感觉真特别
像秋天像春天还不倔
没有运动过后的汗蒸
没有登山爬山的惨烈
气温寒而不冷棉棉的
唯有冬才有这种感觉
在这天气里头感受绝
窜起一念好冬不须雪

雪固然是冬天的风景
并且被人夸得很直接
然而好天仿佛一道牒
能够超度人那些罪孽
好冬全在天没有雨雪
全然没有风雪的暴虐
能有个好天使冬亲切
可比下场雪要更喜悦

声　音

伊人的声音天生的一种神韵
玉音绕梁能摄走所有人的魂
容颜会老不会老的是那声音
耳朵眼里回响着不老的伊人
伊人不老就像一架不老的琴
清弹慢拨都发出动听的乐音
轻歌曼舞已不是当年的青春
袅袅绕绕春蚕吐丝一样圆润

听不厌的是那腔调而不是人
即便是做了鬼心里还当是神
听上无数遍都醉倒在那神韵
一次一次想抽身都乏力抽身
音高音低音长音短恰如其分
既不能增一分也不能减一分
那分明是宇宙间的日月星辰
又仿佛是高山流水称人的心

晨 练

披星戴月天上一弯新月
挂在楼头多像在笑呵呵
笑我笑早起的我不懒惰
在静悄悄的早晨里活泼
而星正用北斗七星的勺
舀着我眼光盛得满满的
就像饭师傅给我盛面条
一点不抠盛那么多欢乐

宽敞的街道边霓虹闪烁
把夜熬得都没有了夜色
天将亮未亮之时最和悦
像穿着黑底彩花的大氅
洋洋自得淡淡的云透着
美丽的脸庞上那种感觉
浅浅的笑与难以捉摸的
神秘漫不经心地勾引我

向 往

站在现在回望过去的时光
现在不就是我过去的向往
安居乐业了天天向上看我
正挥笔书写着生活的华章
未来对现在来说仍在向往
向往更高的生活蒸蒸日上
昨天今天明天在一条线上
站着生活的我要奋发图强

向往在追求追求在变着样
日新月异就是向往的宝藏
回想过去的深挖洞广积粮
到而今曾经连想都不敢想
世界和平了生活也大变样
丰衣足食正朝着现代化闯
闯出一条新路给特色力量
中国特色正享受世界赞扬

机会只给有准备的人埋单

尽管目测不到前面的艰险
在诗人心里早已有了打算
去披荆斩棘当然自不待言
千辛万苦不过是一种历练
每个人一生都会遭到挑战
每个人一生都要接受挑战
挑战不是敌人挑战是教练
相信教练绝不会袖手旁观

胆怯的人可不适合去爬山
晕船的人可不适合去划船
要上九天揽月可是需要胆
要下五洋捉鳖可并不简单
人类已经制造出宇宙飞船
人类已经研制出航空母舰
上天入地需要人把握机缘
机会只给有准备的人埋单

笑 纹

湖水挤着笑纹表达着心事
把美好的心情传达给日子
微笑是最美的语言一阵阵
从湖面传来看得人真得劲
湖里的鱼和杂七麻八的事
透彻地呈现给观鱼的人群
那游动的鱼是湖里的心思
闪念之间不知生出多少事

一波波涟漪被风猜中心事
湖面笑了露出一脸的笑纹
那脸笑纯真得让人都咯咯
跟着她笑彼此之间真得劲
最怕湖面无风绷着脸找事
给人的感觉增加多少是非
湖水绽出笑纹把友好传递
这时的光景才让生活出味

街　道

光秃秃的树下冷清清的路
路上来往的行人屈指可数
天上的月亮俯视着这条路
路两边的楼房里亮着窗户
人都钻进屋里贪享着温度
就像蛰伏的动物一样蛰伏
寥寥几个活动的人在忙碌
给身体发电一刻不敢停住

十冬腊月街面上一片恐怖
只有这路灯待在外面受苦
曾经的人来人往都到何处
怎么这么怕冷竟足不出户
外面多好的空气全然不顾
是不是怕死的人才会在乎
等到氧气管插进了人肺腑
是不是到那时候才会醒悟

给蓝天飞个吻

蓝色的海洋怎么跑到了头顶上
风平浪静竟显得是那么地安详
给人的感觉那里一定就是天堂
有天堂里的景色和天堂里的光
如果有一只小船会是什么景象
画龙点睛一定会让人更加向往
海洋的深处火辣辣的一轮太阳
正睁着大眼在朝着我这里张望

噢那是蓝天一尘不染的好地方
没有云翳没有飞鸟只有蓝辉煌
那分蓝足以把人眼睛染成那样
和尘同光让人忘记自己的思想
该不是我就是只小船乘风破浪
在无边无际的蓝色中央里馨享
我给蓝天飞个吻告诉她我衷肠
蓝天没有反应不料急恼了太阳

冬 至

冬至从西伯利亚来的天使
自天而降不停地打着旋子
像耍武板看得浑身起粟子
眼看又腾空而起不知所之
只见那太阳看得眼都发直
从三千米高空丢下张条子
赫然写着今天是什么日子
数九寒天到了从即日开始

西方的圣诞节将接踵而至
东方的阴历年正姗姗来迟
这一切的一切都周而复始
轮回着四季教人掐算日子
每年的此时都是这个日子
冬至十天阳历年从没差池
真正的冬天到了该吃饺子
不然把耳朵冻掉后悔都迟

没有异味的真空

没有异味的真空我的心灵
只能在这里才会有此纯净
走出心灵到处都臭气八烘
色香味俱废更别说人德行
最重的是铜臭味塞满鼻孔
连耳朵眼都堵塞成了烟囱
冒着浓烟被污染得都化脓
脓血沽沽大受蚊蝇们追捧

没有异味的真空虽然冷清
但也不少见蚊蝇在外面叮
蚊蝇想进来试着看行不行
叮的容器叮当响头皮发蒙
这里是我的天堂我的本性
纯洁无瑕不受外界的哄哄
待在真空里面我找到热衷
装着我的诗歌被严加密封

流失的日子

流失的日子携带着泥沙
如壶口瀑布形成的落差
再硬的石块也会被夹杂
随波逐流混迹在那尴尬
磨圆的棱角鹅卵般光滑
滑头滑脑没有原来恁傻
捡到的人也会怒放心花
爱不释手把玩那份心洽

那是流失的日子功劳大
把一个人变成一只鱼虾
炸着吃煮着吃都不用怕
不像先前那样硌人的牙
人都会在日子里起变化
被生活磨得就像个傻瓜
没有了棱角也没了枝杈
普通得简直像一颗坷垃

人生奥秘

收藏历史的人城府都很深
因为他们知道历史创造人
人是历史的产物不失分寸
历史是人的历史方有乾坤
在人的历史里总浮浮沉沉
人不能不去考虑人的命运
历史记录人同时也写照人
人需要反思也更需要认真

收藏历史就是收藏人本身
只有前事不忘才能不愚蠢
好多事想来其实并不过分
相比较而言甚至恰如其分
人需要跟人自己的事较真
而不是对别人挑毛病逼问
知道收藏历史说明人有心
如能明白这些方显示根本

一茎白发

一茎白发在我头顶上喧哗
一叶知秋感觉到自己老了
到了这个年龄心里放不下
太多的事情都还是一抹抓
对自己来说无论芝麻西瓜
都该放手不必管天上地下
却就是超脱不了这些芜杂
牵着肠挂着肚像骑虎难下

一茎白发镜中跟我唠起话
患得患失是人自己不潇洒
怨不得别人更怨不得爹妈
当初爹妈在把你这人生下
可不是让你来世上丢人的
他们含辛茹苦你说为了啥
不就为有个完完整整的家

装上玻璃的湖池

谁给湖面装上了玻璃
看到湖里成群的游鱼
聚在一起欢快地嬉戏
好像寒风不能够咋的
那么是谁要多此一举
怕鱼冻着才胡闹一气
鱼不领情人也很生气
简直就是吃饱了撑的

隔着窗户看到了生机
仿佛嗅到春天的气息
那些究竟是湖底的鱼
还是温暖如春的家里
四季如春就像这些鱼
待在冷热不着的水里
这是我的家还是哪里
该不会我就是那条鱼

与天公做朋友

天工造物造出神奇的艺术
美丽的风景到处琳琅满目
看太行山横亘在省交汇处
脚南头北蹬着黄河的腿肚
九曲黄河十八弯弯弯佳处
俨然苗条秀体熟睡的少妇
细细的娇鼾就像在玩魔术
汇入大海融进自然的肺腑

天工造物造出绝伦的艺术
丘陵平原与山峰高低起伏
就像裸体美人会把人嫉妒
美丽的胴体横陈于无声处
无论腰肢还是浑圆的臀部
无论肩窝还是丰满的胸脯
无处不充满协调令人刮目
相看两不厌是境界最高处

最好的伙计

热爱生活吧他不会亏待你
生活才是你最实心的伙计
他只知道付出从来不索取
更不会在你恨时见利忘义
相信他并且还要不遗余力
把生活当成你生命的火炬
让生活照亮你每一次忧郁
使你振奋起来像太阳升起

你是生活的核心不要忘记
生活会像地球一样围绕你
公转生活才是你忠贞的妻
当身边的一切都离你而去
只有生活还会痴心陪伴你
不要生活也就是你不要你
不会有任何人像生活文气
仍然守护着生命不离不弃

今冬的太阳

目光呆滞的太阳是不是在想
穿着百衲衣的地球是否和尚
为什么这副装扮穿这种衣裳
难道说跟出家人有什么交往
地球没有发现或者说没揣量
太阳这样看她用疑虑的眼光
走自己的路看什么也顾不上
俨然一个苦行僧或火居和尚

今冬的太阳无聊得快要癫狂
没有一丝云雨雪雹跟她搭腔
她很寂寞只孤独地自我欣赏
以天空为镜来照俏丽的脸庞
美是给人看的否则哪来欣赏
鹤影自怜是一种病态的下场
地球可不寂寞有那么多地方
值得太阳羡慕值得人去效仿

破壳而出

又经历了冬至的孵化
看新年终于破壳而出
俨然就像是一只鸡雏
致使元旦又怒放心花
新的一年终于来临了
在小鸡叨米的日子下
有多少欢乐多少惊诧
等着吞咽等着人博得

新春是新年的一束花
捧在手中将要献给那
春节一样的传统历法
插在日子里供人品夸
小寒大寒手攥着雪花
等待新春走过眼皮下
好把更大的喜庆抛撒
让触不及防红透双颊

你踩住了我的影子

岁月你踩住了我的影子
跟在屁股后像煞有介事
你是个尾巴还是一搅子
闹心的事来找我的不是
让我不敢用站立的姿势
应付未来和将来的日子
只能趴在这跟你逗闷子
你是不是觉得很有意思

我不会求你大不了去死
我就不相信你那些个事
你可以如影随形做混子
我不会屈服你使手腕子
你想踩着你就还踩着吧
直到你感到实在没意思
如果高山能被你给踩死
地球就不会有辉煌之日

步入腊月

歇过元旦步入腊月第一天
重整旗鼓刚一复工又一年
看湖里依然是冰封的湖面
冻得那个结实如磐石一般
太阳当空照仍是蔚蓝的天
这点热度哪消融得了湖面
一任这么封着直到阴历年
春节过后想必年才算过完

腊月就是腊月真的不一般
脚像装了假肢太不听使唤
口鼻冒着白气说话都打战
这才叫冬天呀这才叫冬天
知道外面冷才知道屋里暖
感谢社会进步和经济发展
如果在想当年只能忍着点
想找个地方蛰伏都难如愿

冬 日

天微微睁开眼此时刚七点
像病恹恹的人望着天花板
首先测体温又送来化验单
抽血取样并吩咐要大小便
所有这一切都很快被做完
穿衣起床然后是刷牙洗脸
一切都停当接着该吃早饭
一个输液瓶已挂在了眼前

打上点滴又开始了新一天
滴滴答答在煎熬中数时间
两瓶液体输完已到十二点
若不见人忙碌真不知几点
打饭的人匆匆奔忙于眼前
叽叽喳喳嘴里散发着抱怨
天又黑下来在窗帘的外面
只有病房里才能这样舒坦

悲天惨地

一天惨白神志搞昏了脑袋
凄凄惨惨广袤失去了风采
寒冷的天充满了一种期待
请赶快好起来赶快好起来
温度依然那样仍不理不睬
对人的恳求一点也不关怀
天凝固了地凝固了包括爱
都凝固成了一种惊恐状态

冻雨又来了在南方的地带
把路封闭让车全都停下来
汽车长龙宛如一条裤腰带
紧束着贵州湖南还有河海
其状惨不忍睹令目瞪口呆
以致被困的人都气急败坏
气候怎能这样一点没姿态
莫非幸灾乐祸是她的偏爱

老俗套

都说人际交往没什么奇妙
没说两句话就开始做广告
讲自己的能耐说自己的好
别人跟他相比都微不足道
真的是这么回事吗先别笑
你心里一定以为我发牢骚
说不定还会想这人心眼小
对芝麻小事都要斤斤计较

人都司空见惯的事让我瞧
就变成了一个巨大的暗礁
其实还有比这些事更热闹
人自夸时的那种不知羞臊
你是不是该骂我真会胡闹
他们是在兜售自己的信条
是的从电视上就能够知道
广告不避虚假做出来就好

小寒意趣

太阳又舒展开眉头
天又回到前些时候
阴云不见了而地球
却并没有停止发抖
凋零的草木仍照旧
寒气逼人伸不出手
唯有不怕冷的高楼
若无其事其乐融融

阳光又洒满了楼头
反过来的光让眼球
都透进来一股暖流
沁人心脾非常好受
天宽敞了这个地球
让眼重又感到广袤
无边的光景铺锦绣
舒心的日子洽洽流

晌　午

太阳真热情喋喋不休
跟人攀谈总也没个够
她没享受午休的习惯
所以缠着人跟她交流
看已经过了午餐时候
她还缠着人仍不让走
人跟她不一样要午休
并且还要吃饭才长寿

她的热情已不是享受
很多时候是一种迁就
不想拒绝她让她难受
才逢场作戏与她胡诌
她好不识趣已过了头
把人折磨得无法忍受
快回家吧别满街晃悠
莫非你是一个老寡妇

乱　象

街上刮起人群的狂风
塞满街道比稠云还浓
公车私车夹杂在当中
飞沙走石堵塞了交通
是谁迷住城市的眼睛
再不看街头的红绿灯
宛如一群没头的苍蝇
撞来撞去大煞了风景

林立的高楼默不作声
一任狂风恣意地闹腾
这是风的舞台尘世中
一种来势凶猛的公映
一幕幕的霸道在横行
十字街头刮起龙卷风
苍蝇的和谐就是这种
耳朵里嗡嗡眼前嗡嗡

一幅儿童画

曾经的这幅画
让人赞不绝口
而今的这幅画
让人气冲斗牛
同样的一幅画
不一样的理由
让人哭笑不得
再也不想开口

烟囱代表什么
代表社会成就
烟囱代表什么
代表污染苗头
时代不会守旧
思想不应守旧
只有跟时代走
心里才会顺溜

豁 达

太阳透进我房间我看到天
脸上带着笑跟我心照不宣
她是来劝我没必要再心烦
把自己苦恼对不起这时间
时间运输工具有很多站点
错过了就等再来的下一班
火车汽车就包括宇宙飞船
赶上就赶上了没必要麻烦

安步当车不也是过上一年
为什么非要苦恼这每一天
时间还会有的就等下一班
说不定改变主意步行朝前
好多事说不清要看一瞬间
怎么想的那其实就是美满
不要苛求任何事要相信缘
缘来的时候你不那样都难

祭灶开花

吸一口自由的空气
品一品祭灶的气息
预报明天有雪不急
小年比大年有诗意
放一挂鞭炮把晦气
崩跑开始新的足迹
甩掉身后我的失意
抬头望天扬眉吐气

不要钱的只剩空气
这才是我命里所需
人要的我置之不理
不会跟人们闹情绪
吸一口免费的空气
一切都觉称心如意
我知足我在满足里
寻找属于我的乐趣

所　有

泪默默地流流得很够
此时才觉得心像漏斗
心不该是冰川的滴流
不该滴滴答答地淌流
淌出黄河长江还不够
淌出大海汪洋的尽头
全都是泪能淹没所有
所有的一切被泪漂流

泪由心生生出的所有
让精神从此往海里流
大海的心思有还没有
只有大海藏着那念头
泪然然地流流得很够
神情滴落着心的所有
所有都化作泪忽悠悠
惊涛骇浪裹挟着所有

爆料连连

爱像爆竹一样噼里啪啦
有声有色才像是一个家
别总担忧家会这样爆炸
那是心里的闷气开的花
一天到晚屁都舍不得放
才真让人感到满心惊讶
死气沉沉落捻的炮不响
谁会买这种玩意放到家

家就是挂爆竹噼里啪啦
这样的日子才显得融洽
哪有勺子不碰锅谁会把
碰锅的勺子轻易给扔了
家就是一阙交响试想想
锅和勺柴米油盐酱醋茶
哪样少了能使生活昂扬
那种生活比这种生活差

我们都是造粪的机器

我们都是造粪的机器
不因吃得好增加肥力
即便你穿的是粗布衫
而他穿的是一身皮衣
造出的粪也大同小异
我们所有人造出的粪
其实都不能留给自己
而是被别人偷偷吃去

猪粪牛粪比人粪肥地
人粪肥只不过好收集
你吃的白菜是谁的粪
恐怕你从来不知底细
你吃的萝卜是谁的粪
没想到吧全是你自己
我们都是造粪的机器
不要拿这一点来攀比

奋斗的血腥

奋斗奋斗为了生存的忍受
比任何时候都更像头斗牛
即便只是只兔子也会抖擞
在雪窝里在荒野里找活头
生存危机窥视在我的左右
如狼似虎想吃我精瘦的肉
他们可不管我皮包骨头哟
看张着血盆大口冲着我嗅

奋斗奋斗活着的人才会有
想要而又充满恐惧的自由
死了就什么都不用再忍受
而活着仅为了活着而将就
危机四伏夹杂着明争暗斗
不知要到什么时候才受够
自由那么短暂自由那么逗
就像一幕小品充满了噱头

伤 岁

除夕岁交的最后一点记忆
凝结成一冰粒悬在脑子里
滴落下的时候新年已清晰
洇湿的日子散开在潮湿里
此刻将成为客岁渐渐忘记
俨然洇湿纸上的一滴污迹
皱巴巴的日子依然要继续
新的一年也将成一段遗迹

自生命之初到人衰老死去
日子就像这样不忍心再提
被玷污的生命总幻想奇迹
谁会装裱一块这种没意义
洇湿的纸张就像人的经历
被洇湿的灵魂变成一垃圾
新年的纯粹已经被人失去
取而代之的将是又一麻痹

一声爆破

又到除夕新年的前沿阵地
一声爆破炸掉郁积的晦气
炸出一个新春炸出来欢喜
让那一声问候响彻在天际
伊始的新年在一片祥和里
春暖花开消融了冰雪此际
春风笑呵呵天空在暮色里
太阳的模样已呈现在脑际

新年唱和着新春前拥后挤
打春的耕牛初二就下了地
街头的春情热闹的锵锵器
跟着咚咚锵敲打出新鲜意
新春新年新情绪无可比拟
岂一个好字了得还要顺气
爆破的新年已化作了粉齑
开幕的新春透出盎然生机

蹉跎今夜

今个除夕我什么也不想做
就想生生把个今夜给蹉跎
不为守夜也不是因为别个
就想歇歇心让自己乐呵呵
客岁交睫就要从身边溜过
已蹉跎那么多还怕再蹉跎
今夜一眨眼怕明天会太多
再熬上一年才会熬到今个

蹉跎是件乐事所以人蹉跎
不然也不会把蹉跎当事做
每年每载不都在蹉跎着过
蹉跎了前天也蹉跎了夜个
哪在乎这一晚舍不得蹉跎
蹉跎到明天后天还可蹉跎
别问要怎么什么也不想说
就让蹉跎做伴陪我这么过

掸出新年

拂去除夕的征尘
露出到来的新春
新年已经到来了
在这个夜半时分
爆竹声声都在问
你是否感到开心
新年属于活的人
旧年才留给死人

兔衔虎尾真瘆人
老虎屁股是虎臀
谁是可以摸的人
谁是摸不得的人
不要接当官的嘴
不要摸老虎的臀
又是一年逢新春
别驴嘴不对马唇

新年头

在滚滚历史中有一条支流
在这里交汇成人生的岔口
是逆流而上还是顺水漂流
成了这一刻最紧要的关口
历史不可逆转惟随波逐流
汇入历史中化作一条泥鳅
逐水草而居像未开化时候
与天生息游牧在生命里头

新年总是像这么一个时候
让人不知该往哪个方向走
流逝的已经成了一无所有
面对的是歧路亡羊的当口
选对了路脚下的路才好走
选错了路就得在漩涡里受
打转的生命何时才是尽头
跳出漩涡哪怕是随波逐流

春　节

春节一张光彩夺目的名帖
上面赫然烫印着欢度佳节
那是心灵的写照充满特别
敲人心门的横批额头上贴
宛如一张心花怒放的笑脸
开在街巷里开在人际之间
双手打躬的春联从容不迭
打揖问候送来美好的祝愿

春节一张吉庆祥瑞的名帖
上面赫然把欢度春节书写
那是心情的写照快乐透射
推开心门的笑容带着笑靥
仿佛一捧香甜可口的瓜瓞
捧在人的面前传递着和谐
俨然一嘟花蕊正张灯结彩
美化生活装扮这升平世界

除夕余味

年关的暗堡横在眼前
拦住前进道路的伸展
炸掉它摧毁拦路凶顽
扫除掉障碍勇往直前
愣什么呢拿一挂火鞭
炸掉它炸出一个新年
除夕炸开了炸作一团
仿佛又爆发世界大战

东家的炮响过西家撵
反正是炮声就没有断
你放一梭子我点上捻
比谁的更响更多喜欢
大炮小炮听响声不断
由远及近又由近及远
全国解放了散去硝烟
一个崭新的春节出现

新年墓志

隆隆炮声过后是一片死寂
新年一下变成了一块墓地
没有当年的敲门声无声息
都像鬼一样待在自己墓里
打开电脑上面也一片死寂
发个帖上去半天没人点击
这是怎么了人都到了哪去
是上了天堂还是下了地狱

听说灶王爷回来已是初一
为什么连屁都不放一个屁
灶王爷这家伙只顾得收礼
连句话都没有太不够情谊
人都还不胜灶王爷玩把戏
是他们巧取豪夺的大出息
时代已这样犯不着生闲气
你不搭理我我也不搭理你

春　讯

春天来了来在大年里
隔着窗玻璃叩问暖气
主人可安好是否惬意
室内是否不用穿棉衣
春寒正料峭要多注意
别被风吹着伤了身体
伤风感冒不停流鼻涕
咳咳咳嗽外带打喷嚏

去年很特别老不下雨
天空晴得都没了脾气
几次预报雪都没下地
也不知雪都跑到哪里
抗旱二级响应已发起
估计旱情还会再继续
春雨贵如油可别忘记
龙抬头时你可要警惕

投桃报李

你为什么这么爱我让我感觉
你就是沙漠之中的一匹骆驼
让我遇到沙漠之舟哪种感觉
你的耐性和承受苦难的气魄
简直就是一条大江一条大河
奔腾而来让我一时手足无措
不你是戈壁滩上的一汪湖泊
滋养了我的焦渴和我的性格

我不知道爱上你是对还是错
在你的眼里我始终就没有错
你让我找到自信找到我自个
为了我的诗歌也要活出自我
你给了我最宝贵的精神愉悦
才超越物质让物质见鬼去吧
我不怕人诋毁不怕人怎么说
我可以自信地活活出真的我

结　缘

我吐出的诗把我编织
你就像蚕茧揣着心事
你想化蝶跟我过日子
翩翩双飞直到命老死
蝴蝶甩子蚕宝宝出世
子承父业继续吐蚕丝
一缕缕一根根的蚕丝
不正是我们活的意思

在我们厮守着的日子
你把桑叶当我的伙食
你像秦罗敷妇孺皆知
不畏强权地永心耕织
我是一条蚕终生吐诗
你把桑叶当我的粮食
我爱上这平淡的日子
有你做伴就是一卷诗

清明走来

清明欲来风又起扑朔迷离
仙人纷纷把音容笑貌给你
最清晰是先考的慈祥话语
响彻耳边从脑海到心灵里
别再操心敬爱的苍天大地
儿子不过尘世里的一蚂蚁
微不足道没必要您常惦记
更何况清明惹出泪纷纷雨

可记父子俩谈心时的促膝
可记儿子对您的膜拜顶礼
您爱不肖的儿子儿也爱您
这爱儿怎么努力都不及您
父爱如山可儿已没山可倚
徒然在茫茫世界抚今追昔
清明又到了儿会到您故里
把心里的话和想法说给您

祭祖铭

正月初三有上坟的风俗习惯
追思怀古不忘那逝去的前贤
在荒郊外在野草与野草之间
堆起的坟头就是一个个经典
那里的人曾经把我们来期盼
如今在地下我们称他们长眠
他们有名有姓是我们的祖先
为了他们我们才苟延又残喘

我们失去了他们一张张笑脸
我们失去了他们对人的指点
同时也失去了他们千般祝愿
孤零零在世上跟自己逗着玩
音容笑貌变成了一张张照片
痛心疾首是我们的肺腑之言
摆上四个供再燃放一挂火鞭
我们来看你了长眠着的高山

追忆父亲

父亲的纶音萦绕在脑际
夜来梦多总也挥之不去
如今的相见只能在梦里
抠鼻的动作都那么清晰
记得父亲那还是在孩提
那时家穷什么都吃不起
父亲带着我到新荣街去
一碗馄饨都好得了不得

如今富了父亲却已离去
再也不能和父亲在一起
时逢初三这大年的节气
想起父亲泪已不能自己
父爱如山在我的生命里
坚如磐石没有人能挪移
敬爱的父亲你在我心里
就是一张帆挂在那天际

午夜的灵感

午夜的灵感从天边飘来
飘进我恍恍惚惚的脑袋
我捉住它进入一种状态
似梦似幻似真似假的爱
那种意境静悄悄的天籁
把我托起如天上的云彩
繁星月亮还有太阳都在
就像日月同辉那种豪迈

午夜的灵感从心里往外
散发像迷雾一般的大海
有惊涛骇浪有激情澎湃
还有一只小船打鱼归来
海水一会蔚蓝一会青黛
一会平静一会急剧摇摆
我在船上被晃得掉下来
像只落汤鸡虚汗湿铺盖

为爱筑一座坟墓

入土为安种子才能萌芽
长成参天大树乘凉消夏
爱情也一样需要有个家
婚姻是爱情的坟墓不假
没有婚姻的爱情是瞎耍
爱情有了婚姻才算有家
为爱筑一座坟墓像大厦
挺立在那光天化日之下

孩子可是爱情的结晶啊
几乎人人都说这样的话
婚生的孩子是块宝的话
非婚的孩子就是团乱麻
偷吃禁果从来都被笑话
为什么不给爱情一个家
落叶归根入坟墓不可怕
没有坟墓的爱情才尴尬

有一种爱叫做赏识

当一个人处处都被认为错的时候
自信心就会枯萎得像个没捻的蜡
本来能开花也会像遭了风吹雨打
蔫不拉叽没有活力让自己再开花
更别说结果简直就是一种妄想啦
所有的一切都会被奚落吹灯拔蜡
有一种爱叫做赏识它能把人开发
让人的勇气和自信来自于一刹那

赏识教育已成为教育的一朵奇葩
能让被赏识的人创造性发挥脑瓜
好的办法能让笨蛋像天才顶呱呱
坏的办法能让天才被笨蛋笑掉牙
无论人长到多大都需要锦上添花
没有赏识就没有被赏识者的光华
有一种爱叫做赏识所谓赏识无价
有句话叫做有伯乐然后有千里马

别了大年

匆匆的大年眨眼间付流水
流进大海汇入到汪洋之内
恍惚一只小船在未来里费
如蜉蝣一般更似蜻蜓点水
大海如坟埋葬过去的土堆
把昨天埋进新树起的墓碑
别了大年再道一声无所谓
去就去了犯不着为此掬泪

生命如逆水行舟不进则退
历史的长河滚滚如黄河水
挟泥带沙把地上悬河的美
留给人间供人们如痴如醉
那一只小船力争上游的累
像洄游的鱼在曲折里摆尾
别了大年未来对你无所谓
所以你仅且只能享受回味

腐败别说

无论人之初性本善还是性本恶
腐败都不是令人期待的好结果
之所以腐败就像树上结的水果
要么被虫蛀了要么长成了苦果
道旁苦李曾经不就这样跟人说
无人采摘或摘下咬一口就扔了
要它不腐败你说它还能怎么着
环境和遭遇总逼得人自甘堕落

偶然和必然有异曲同工的结果
被虫蛀了只要表面还能说得过
就可滥竽充数混在人堆里乐呵
良心被虫吃了看看这类人的壳
金玉其外败絮其中骗人的本色
比之其他坏心的人要快活得多
不幸的是苦涩难耐的那一类果
遭人排遣众口铄金没办法凑合

思　考

管理与监督无疑是两大法宝
平衡与信任可不是投机取巧
公司是这样政权也一样遇到
当状态失衡时必有东西缺少
历览前贤国与家都是这俗套
盛衰兴亡多少事引得人发笑
权力的膨胀在每个领域呼啸
看呼啸而过是其共同的归巢

胜出的人总是该多一分思考
失败乃成功之母有几人不晓
看看世界看看国家那些王朝
最终的灭亡哪个不是可着闹
权力的膨胀正像权力的飘渺
一多一少一大一小给灭亡掉
令人担忧的事在眼前就不少
几个小丑竟能够把正义扳倒

初春的冷战

初春的嫩脸冷若冰霜
虽然带着一副笑模样
给人的感觉是透心凉
寒气逼人让人不敢想
与之比冬天会怎么样
冬婆婆绝对要比她强
不谙世故的初春就像
街面上玩冷漠的姑娘

看冬婆婆的一脸沧桑
再看冷颜的摩登女郎
相比之下心里的反响
让人忍不住感到凄凉
谁也不欠谁何必这样
把个冷眼甩到人脸上
冬婆婆虽年高心里亮
知道待人接物的心肠

与时俱进

面对改革开放要敢劈波斩浪
像一只小船在大海里面奔放
水可载舟可以承载一切沧桑
还能托起明天仍升起的太阳
在困难面前要敢于发奋图强
要有敢战胜一切困难的胆量
改革开放不正是我们的梦想
千万别学叶公好龙贻笑大方

面对改革就应该用开放迎上
刻舟求剑曾闹出多大的荒唐
有了好政策还需要我们自强
自立自信才能够沿着那方向
勇往直前不被困难轻易阻挡
一切外因都不能代替内因讲
我敢我能借政策的东风远航
直到彼岸领略人类文明的光

环肥景象

胖乎乎的伏天真让人缱绻
所有的郁闷和心里的杂乱
酣畅淋漓化作淌出来的汗
蒸发掉回归到大自然中间
圆圆的身躯和胖乎乎的脸
圆圆的太阳和穹庐般的天
交相辉映所营造成的景观
把人吸引把我咀含在嗓间

会说话的太阳会唱歌的天
眉来眼去深情地把我顾盼
字圆珠润流淌在她的唇间
宛如瀑布疑是银河落九天
熏风徐徐吹拂来带笑的脸
金黄的麦浪拍打人的心田
笑意吟吟日照香炉生紫烟
热汗涔涔遥看瀑布挂前川

孔雀开屏

春节刚过飞来一只白孔雀
落在庭院那铺天盖地的雪
瑞雪兆丰年一点也没有错
才刚立春旱情就得到缓解
没有降水已经都过半年了
渴得庄稼都绝收或减产喽
孔雀是只瑞鸟终于开屏了
带给人喜出望外的好感觉

孔雀飞来乐得人捧着酒窝
眉开眼笑殷勤地向她祝贺
拎起相机唤上妻子往外挪
到孔雀羽下聆听孔雀唱歌
又怕惊跑她所以蹑手蹑脚
孔雀像初春的少女很胆怯
开屏的时候唯恐被人瞧着
羞羞答答轻声嘟哝着什么

雪夜漫步

天热地上已积不住雪
树上草上厚厚地蓬着
雪把地上的灰尘降住
不水不泥感觉真不错
雪还在下如果不是雪
该拿多少水往地上泼
想必庄稼更是乐呵呵
雪做的棉被一定暖和

这真是一场奇异的雪
所有路面都变清晰了
深色的路面被雪衬着
显得干干净净不脏鞋
走在街上路边都是雪
花池里树冠上头戴着
多少年没有了这感觉
身边的爱人才更解渴

开怀畅吟

好大的雪把个世界给激越
天地人都醉倒进这交响乐
那种神奇就像听忐忑之歌
杂乱无章又有规律蕴藏着
这是非理性在人心里着火
燃烧着天地人共有的快乐
飘飘洒洒急促而又从容的
把天籁地籁人籁合成一辙

天人合一总是在地球上说
火星上有人过着一种生活
像地球上的人一样很久了
头顶着一个苍天这没得说
问题是从来也没人见到过
潜意识里的东西不能算错
关键是谁来找出并且发掘
听到这些雪花变得很忐忑

一场暴雪喜欲狂

乏了经年累月的降水
让一场暴雪堵住了嘴
干旱的大地直觉得美
好似梨花开放般陶醉
一场暴雪把天地妩媚
人在暴雪里舞动双腿
像片片雪花绽放芳菲
完全忘记了自己是谁

一场暴雪喜欲狂不对
应该是怒放心花才对
暴雪来了来得真很累
累得人都不敢打瞌睡
生怕是梦醒来啥也没
看着雪用手掐一掐腿
疼得哇哇叫并不后悔
毕竟雪来了再不排队

冰火两重天

好的时候如胶似漆真惬意
恼的时候真狠心视为仇敌
冰火两重天是生命的两极
走极端的事每个人都遭遇
如何对待这确实是个问题
遇事不冷静伤人也伤自己
恨不得将对方置之于死地
而自己呢并不开心像怒驴

黔驴技穷这词可不是褒义
是自己的行为在笑话自己
没有无缘无故的爱是真理
没有无缘无故的恨太精辟
在爱和恨之间有很大距离
可供选择为何非要选两极
冰火两重天是给人的比喻
不想掉进冰窟就别去火里

老胳膊老腿

老胳膊老腿已没了当年的劲
再让我像当年简直是找我事
当年的身板比现在可要惹人
坐捻唱打你可想那一招一式
引来的嘘声就像晴天里打雷
叫好的唿哨那场面可真来劲
如今不行了放个屁都很费劲
再让我跟青年比不亚于催魂

人都要老的你也别找我的事
说不定我这把年纪你已了事
别对我指手画脚没当你是人
你简直就是无赖在施展本事
多积点德对你应该不是坏事
你下台的时候毕竟还要做人
走对面不理你你心里才得劲
快勒马吧知道你也不是坏人

人有志气永不老

人有志气永不老这话真好
催人奋进就像一个两响炮
先响一声有脚踏实地之妙
后响一声是凌云志在九霄
人的智力其实差不了多少
差就差在了那股冷讽热嘲
惟有打击别人才显自己高
所以文人相轻鬼怪成了妖

妖风妖气刮得人火烧火燎
急于求成只盼馅饼天上掉
一夜成名让天下人都知道
一夜暴富装成有品位的猫
不想脚踏实地不想被人笑
已成了风马牛不相及的调
究竟是谁让人心这么浮躁
管他呢还是放咱的两响炮

月旅行

月旅行那是少年的一个梦
放一个少一个因为家里穷
手捻着头尾巴在下面晃动
嗖的一声带去了我的激情
究竟飞了多高并不太知情
只听啪的一声熄灭在天空
不知残骸掉到了哪很心疼
少了一个玩意跟自己为朋

曾经的多少理想都像个梦
做过就做过了找不到踪影
渐渐长大快长到老态龙钟
梦都没有了只剩等着寿终
少年的时光穷得还有梦境
时至今日富得只剩了惊恐
多想少年时无忧无虑地疯
比现在强说话嘴都不把风

穷文富武

曾经放炮是一个一个地放
而今放炮是一挂一挂地放
曾经的细嚼慢咽很有滋味
而今的狼吞虎咽变得很累
大鱼大肉吃不出曾经的味
吃一身富贵病给自己遭罪
并不是人不喜欢小康社会
都怪人们曾经是一群穷鬼

虽说王侯将相宁有种所谓
猪是猪狗是狗并不是一类
非要让狗过猪的生活除非
让狗变成猪才不会觉得累
让猪过狗的日子同样可畏
猪不喜欢吃肉不能说倒退
不学无术的人见书就瞌睡
让他知书达礼简直是白费

礼　物

把我的爱情给你好好保存
别让贼偷了去那可太丢人
丢的不单是爱情还包括人
因为人是爱情里面的果核
要么你就把它吃掉甭操心
再也不会丢自然可以放心
剩下的果核种在院里纳荫
封妻荫子不都这样做女人

把我的爱情给你你要当心
千万别让贼偷去空留其人
没有了爱情人就剩下尸身
像一只空匣子失去了根本
与其这样守着还不如离分
买椟还珠可知人有多愚蠢
惟有爱情才是完美的婚姻
夫唱妇随不都找这种男人

一勾新月又一年

岁月沧桑一切都在变
只有这勾月岁岁年年
永恒的是太阳永远圆
领着地球月亮绕他转
不觉一勾新月又一年
昨天的日子还在眼前
最可心的是我的艳艳
一天到晚忙给我做饭

我就想这样过每一天
此外也没有多少祈愿
写一写小诗就菜下饭
这种日子真像做神仙
夫唱妇随日夜常相伴
过的日子简直赛神仙
关上门管它沧海桑田
娇妻共诗歌世外桃源

我的歌词

我的歌词就是我每天的日子
每天的日子就是我写的歌词
不管流畅还是哽咽都不碍事
因为我是我歌的听众兼主持
一字一顿都包含着我的心事
一腔一调都代表我过的日子
我不停地唱不停地过着日子
因为我太相信一切贵在坚持

我的歌词就是我每天的日子
每天的日子就是我填的歌词
虽然早已不着调我仍在坚持
因为已没人知道宋词的调式
我不在乎别人是不是不想知
也不在乎别人是否烦得要死
我在填日子的同时增长知识
在填日子的同时变得更充实

尸字下的水米

一个人活一天糟蹋多少粮食
而这一天却没创造任何价值
看看每个人活得都喜乐孜孜
是呀一天下来产多少尿和屎
这就是自古以来人类的历史
被人津津乐道满嘴唾沫星子
自诩为高等动物骄傲得要死
岂不知跟其他动物别无二致

恍惚回到蛮荒时代那段历史
野兽出没把所有的地面统治
人是多么渺小简直就是弱势
连马鳖长虫都能够把人弄死
为了生计群居在山洞里度日
可不像现在高楼大厦满街子
怎么看怎么像些蛰伏的虫子
等气温变暖爬出来招摇过市

哈哈镜

社会这面哈哈镜
正照出人的德行
一会是作揖打躬
一会是满面愁容
一会是凝重神情
一会是笑脸相迎
一会是叫嚣不停
一会是默不作声

再看那面哈哈镜
不是一个哈哈镜
作揖打躬的是请
满面愁容的是凶
凝重神情的是静
笑脸相迎的是动
叫嚣不停的是横
默不作声的是病

他　们

他们都是些平凡的人
不平凡的是他们的心
他们活着是为了别人
他们的行动都很感人
平凡的岗位需要他们
平凡的世界需要他们
他们才是些真正的人
他们才是世界的精神

如果说是人都有私心
那么他们的私心可亲
如果说是人都有灵魂
那么他们的灵魂撼人
他们留给人们的是真
他们留个人们的是纯
他们有一颗纯真的心
他们有一颗金子的心

春天里的城市

走在春天里在城市一角落
而蓝天说春天没有笑话我
不信你看街上盛开的花朵
不信你看高楼的满不在乎
要么你看潮水的人流来着
或者你看穿行的公共汽车
都在冲我招呼并且像在说
干你自己的事别失魂落魄

走在春天里在城市一角落
而蓝天说城市没有笑话我
街头走着无数我这样的我
地铁揣着无数我这样的我
我们是这个城市的建设者
我们是这个城市里的脉搏
如果没有无数我这样的我
城市就会比我还失魂落魄

民工的境遇

他告别小农经济踏进社会
加入农民工这支杂牌部队
没有房没有车更没有地位
在黑心老板的手下挣零碎
他很顺随怕老板们会不给
工钱使自己的血汗付流水
为讨工钱他竟给老板下跪
然而这帮畜牲骂他是穷鬼

他背井离乡到城市里讨嘴
加入农民工这支庞大部队
没有碗没有锅也没地方睡
在包工头的眼皮底下应对
他很忍让怕包工头们不给
工资平白无故倒这一份霉
豆腐渣工程拉他们去垫背
遭受风险骂他们白干不亏

独 居

我朝天上寻找寻找最后一只家雀
然而看到的飞来的全都是恶老雕
他们冲着我嗷嗷不知道为啥咆哮
莫非把我当成了猎物想把我吃掉
看到这种场面我也忍不住地气恼
这帮子混账你们的胃口可真不小
操起块石头我投向他们这一群鸟
呼啦啦飞走再也不敢冲着我乱叫

天空依然蔚蓝家雀却已无处寻找
望着那轮太阳心里平添几分寂寥
都说太阳是只三足鸟我却看不到
他的脚在哪里哪怕看到两只也好
如果光线是他的脚那他可不得了
比蜈蚣蚰蜒的脚可还多出来不少
他是不是我要找的那一只小家雀
我不知道相信其他人更不会知道

我的院落

我以天空为院布满了星星
可以放眼在上面随意走动
不用管哪个国家跟他对应
不去管谁在偷看我的风景
偌大的院落是否显得冷清
庭院的布置一万年不带动
我喜欢这样在辽阔里驰骋
放开想象解放思想的缰绳

我的院落是我狩猎的天庭
有各种动物搭建的简易棚
其实都是些星以星座命名
亘古不变供我这种人高兴
我练习骑射是用我的眼睛
我练习追逐是用我的本领
我喜欢这样在浩渺里驰骋
放下心事由着我信马由缰

上元月

中天一轮月亮对着我张望
她在看地球搞些什么名堂
不大的城市一小点个村庄
斑斑驳驳像个迷彩服一样
迷彩服之上竟然来来往往
搬运东西如同走马灯相仿
忽明忽暗是汽车跑在路上
跑了半晌还没跑出一拃长

月亮很孤单旁边没有星光
所以才这样看着地球玩赏
地球上的一切都成了拍档
仿佛小孩子玩的那些伎俩
月亮很专心盯着地球不放
把玩着地球全神贯注的样
地球就是个玩具不像月亮
有睁眼的时候能放射光亮

我的声音

我的声音能传多远
能传到下一个世纪
还是仅在你我之间
不知道也不想知道
只要它能从我嘴边
向前传去我就感念
我说过的话不简单
不管它是传近传远

我的声音能传多远
是否能传入你心田
生根发芽长成一片
绿油油的春色满眼
是否会有成千上万
禾苗在春风里翩翩
舞动它柔弱的身段
把我的声音当和弦

惊魂甫定

侵晨天将破晓时是张窗纸
杂乱无章的梦在里面交织
恼恨惶恐一股脑向外冲刺
冲破黎明前的黑暗好出世
一身盗汗一场虚惊像钥匙
打开梦里的门窜出了墓室
暗淡的天光透进我的卧室
惺忪的睡眼看得不太真实

躺卧在床的人渐有了脑子
对梦里的一切恍惚还浅知
无法复原的是深层的意思
一如幻觉游离风中的游丝
半睡半醒将身来到了此时
亦真亦假窥视自己的屋子
那做的什么梦已一无所知
若即若离待在迷茫里犯痴

妙 趣

河湖镶的玻璃还没有除去
沿河插的柳枝也还没生荑
不知是老天忘记翻看日历
还是大地故意跟春天置气
都七九了河湖还如此封闭
让人怎么不急太不可理喻
是改革的春风还未到此地
还是与时俱进不包括这里

最急不可耐的是水里的鱼
隔着玻璃打量外面的天气
还有鸡鸭鹅心里面这个急
恨不得拔苗助长到春天里
春江水暖鸭先知得看时机
水不解冻鸭鹅只能生闷气
多有预见的话呀不无道理
可是冰河呢就是听不进去

无　题

我的眼永远朝前看未来的明天
连回头的工夫都没有我要吃饭
怕饭碗被砸怕世上所有的孬蛋
尽管本分工作兢兢业业埋头干
不定会惹着谁让谁看我不顺眼
我不是只鸟眼睛能看得那么全
又没长在脑后也没长在头两边
我怕遭暗算用巧言令色的欺骗

真不知道世道怎么会走到今天
是人变聪明了还是我变成傻蛋
听说骗子太多傻子明显不够用
听了这话真让我感到毛骨悚然
人都精得已找不到自己的位置
就连放的屁都下了大功夫打扮
别说我不知香臭我知道该咋办
对付骗子我自有我自己的主见

正月十五闹元宵

元宵节的礼花真是乐翻天
带响的不带响的全点上捻
一时间百花竞放各具特色
大朵小朵盛开在各个旮旯
眼前的景象可谓五光十色
欢腾着钻进了人的耳朵眼
热血沸腾脑袋都快不当家
谁撤了电门绚丽了元宵节

牡丹大朵开带钩的是菊花
一爆满天星再爆的是欢歌
看那钻天猴淘气的一堆点
攀天而上比孙悟空还抢眼
南边放过北边放好在东边
圆圆的月亮今夜可真露脸
轰轰隆隆世界像没有明个
直闹到子夜掠过入后半夜

旭 日

太阳从地平线冒出
像冒出的一个蘑菇
只有菌盖没有菌柱
扣在地球的边缘处
眨眼之间变成葫芦
像一只气球往上浮
越升越高光彩夺目
那是气球还是葫芦

蘑菇让肚子咕咕咕
饿得都有点撑不住
而这葫芦如何下肚
是溜瓜片还是蒸煮
刚才还在海面上浮
顷刻升到半空高处
不是气球又是何物
这太阳真让人添堵

前线的较量

我不知道明天在哪儿吃饭
也不知道未来的路有多远
我只知道坚持是我的前线
不是困难退缩就是我完蛋
我在坚持用我身体的本钱
忍饥挨饿战胜自身的弱点
我不需要说我多大义凛然
更不需要人们蔑视的可怜

我坚信一切都会很快改变
包括我的处境和我作的难
最困难的时候我会望望天
天道酬勤梦想不会太遥远
最烦心的时候我会望望天
天不私照光芒就在我心间
我坚信正是凭着我这一点
明天会到来太阳还会出现

为幸福埋单

为幸福我抛弃了物质条件
舍弃了与狗官合作的机缘
我不后悔因为我心里舒坦
我不后悔因为有幸福做伴
我不知道人到底有多混蛋
不问青红皂白让我蒙此冤
也不知道人到底有多爱钱
为了金钱宁可不要一点脸

为了我的幸福我毅然决然
放弃一切条件为幸福埋单
因为这样我才不会有遗憾
也才敢直面那些混账贪官
得到这幸福是我最大心愿
我珍惜我爱惜我感到圆满
为了幸福即使失去再多钱
我也不心疼也会心甘情愿

人海观鱼

正月十六的街会人潮如水
道路河渠里的鱼来来回回
车船的喇叭声音都很欣慰
跟在鱼汛后面缓缓地挪腿
大姑娘小媳妇忙得不住嘴
这也好那也好好得笑容飞
抱着孩子的牵着狗的新贵
挤来挤去也不怕绊住了腿

有海马有鲸鱼也有大海龟
有虾米有章鱼也有小罗非
尾巴分叉的总也合不拢腿
尾巴并拢的那才真叫做美
看遍地的海蟹横冲进人堆
当成了沙滩像产卵的乌龟
这是鱼的海洋一年的街会
各式各样的鱼散发着妩媚

夜游梦里

东边长芦苇西边种莲藕
驾着小船我在荷塘泛舟
太阳乐呵呵月亮已白头
逝去一个夜得到这白昼
是赔是赚请不要忙开口
让我先说你的话放后头
太阳凝视我频频地点头
月亮闭上嘴心里闹别扭

日月同辉本应该很中受
为什么要这样紧蹙眉头
月亮含着泪表情很难受
动了动嘴角几次想开口
欲言又止不忍心跟我怄
太阳憋不住抢过来话头
伸了伸懒腰只咳了咳嗽
世间好多事都没法考究

紧迫的生命

生活贯穿于生命的每一刻
而吃饭睡觉占去了大半个
生命剩下的时间都给工作
也没有几年更别说再玩乐
简直就没有时间可供蹉跎
所以说若把工作当成生活
生活时间无形中就翻个个
人的寿命相对能增加很多

工作需要掐头去尾留中间
少年老年都不可能再工作
这样算来工作时间就不多
怎么使用这些时间怎么过
就成了摆在人面前的思索
活到老干到老虽然这么说
国家也不会允许你那么做
所以得把工作融入于生活

生命主题歌

生活与生命相伴的一首歌
自打生命伊始到最后熄灭
人都终生在唱的同一首歌
工作爱情家庭只是一章节
在为生活添彩为生命增色
生活宛如生命蜡烛的烛火
冉冉地着或者在风中摇曳
尽管声色各异都各具特色

鲜活的生命是生命的欢歌
只有生活是生命的主题歌
工作并不是生命的整首歌
爱情家庭也不是生活全活
了解生命应首先了解生活
不懂生活的人只能算白活
每个人都在为生命而生活
贯穿生命的应是生活之歌

一碗熬化的夜

从天黑到天亮十四个小时的时光
没有合眼一气站满了值夜班的岗
跟书籍做伴一点儿也不觉得漫长
兴趣盎然把漫漫长夜熬化在晚上
咕咕嘟嘟的夜哩哩啦啦的一晚上
不知不觉从一个天黑到一个天亮
也不觉得累头脑像一只小船一样
摇着船橹徜徉在一片浩瀚海洋上

开卷有益那可是一片知识的海洋
捕鱼捞虾不知不觉就捞得鱼满舱
天寒肚饿在值班室的屋里面猖狂
要把我吞没逼着我向它缴械投降
不屈的是兴致意志生来就很刚强
喝一杯浓茶多少疲惫都化作热量
一晚熬化的夜在热气腾腾的早上
香甜可口填饱了我打瞌睡的眼眶

旭日阳刚的告白

感谢网络网络让我烧起来
在那箅子上是炭火的舞台
我是一粒炭曾被大地掩埋
而今成这舞台上的一风采
熊熊的火光是我心的表白
灼热的胸膛是我对你的爱
燃烧的激情让我们不分开
直到重新发现火那个年代

没有网络就没有我的现在
可能我还在大地怀里等待
等上一万年或许更长的埋
直到网络把我从中刨出来
我与网络那可是实实在在
一粒炭在箅上才有的光彩
网络一个都能展示的舞台
不单给我现在还给我未来

北　漂

打工的人从来不敢有奢望
但不因此就不应该有梦想
我被骗过骗得心里急得慌
除了气你说我又能怎么样
告别一个陷阱换一个地方
可是我遇到的情况还一样
打工不给钱还不如去流浪
我的憨力可是为了我爹娘

忍饥挨饿连乞讨都没地方
偌大个城市怎么就容不下
老实巴交的人打一些饥荒
我迷惘过更多的还是失望
没想到出苦力竟是这下场
操起吉他到地下道里卖唱
唱得泪眼模糊装得很坚强
撕心裂肺的歌响彻在天堂

地下通道

不计其数的人从我这里走过
几乎没有几人会扭过头看我
我在弹着吉他嘴里面唱着歌
以此招徕不是我顾客的顾客
地下通道来来往往的人很多
几乎千篇一律走得急如星火
好像我不存在留不住人的脚
站在位置的只有在唱歌的我

我脚前的小碗里依然还空着
没有人肯停下来给我点生活
已几顿没吃东西我的肚很饿
真不知道我唱的还是不是歌
从早唱到晚我已唱黑了天色
唱得口干舌燥星星都打哆嗦
拖着疲惫的身躯回到我的窝
泪水在心里咆哮人没有知觉

和谐惊梦

我再留在人间几年
看看世道会否改变
那些龌龊那些悲惨
是不是会被人玩烦
远眺尧舜近说康乾
再看一看我们今天
鲁迅如果显灵咋办
同样也会七窍生烟

看那些腐败的官员
抱鸡养竹无耻厚颜
看那些打工的可怜
无米下锅露宿屋檐
多么鲜明的对比唉
到底让穷人怎么办
谁不想有和谐的天
可是和谐就不露面

春 恨

风吹黑了天树还在摇撼
温度骤降迎来了倒春寒
空气清新只是牙齿打战
最享受的还属鼻子里面
吸口清新的空气胜吸烟
只是感到一阵天旋地转
这是怎么了太缺乏锻炼
再这样下去怕难出春天

风呜呜咽咽不敢大声喊
只是将悲愤压在心里面
这是压不住了才这么办
就这也害怕别人的非难
可怜的风本事大过了天
可是并不招季节的待见
白天的沙尘暴还在席卷
依稀路灯下飞舞着雪霰

旱灾加重型局势

干旱的春天庄稼都苦了脸
天不下雨地上没一点水源
眼巴巴旱死又不甘心完蛋
愁得挠头愁得简直没法办
风一个劲地吹像是在调侃
说了些什么一句也没听见
只见树在摇枯枝上没绿点
估计旱得跟自己一样心烦

缺雨少雪已经有一个冬天
计划添的棉被也成了盐碱
冻疮裂得简直都不忍心看
买不起冻疮膏又能怎么办
庄稼这样人也好不到哪点
清水衙门早已没有了水源
本来还指望工资有那点盼
不但没涨上物价直往上蹿

对驴弹琴的反思

不要对驴弹琴驴不懂乐音
只知道吖捎喔吁这些个喊
看驴不长心你就给他两鞭
使劲抽抽得他不敢跟你贱
人也一样该抽时不要手软
用你的懒得搭理和你的眼
眼光抽人赛过人手里的鞭
鞭鞭见血能抽的他再不敢

人善被人欺自古都是这般
不要指望跟畜牲讲啥条件
畜牲就是畜牲就千化万变
揭去画皮是一张恶鬼的脸
对驴弹琴实在是浪费时间
他听不懂还装作很有内涵
省点心吧他只配对你大喊
吖捎喔吁才堪称真知灼见

黢黑的夜　光明的心

我的心里有一盏灯特别明
照亮我的思路和我的心情
我在灯下思辨像一只蜻蜓
用一双复眼全力捕捉飞虫
翩翩起舞在我建的心房中
跟我爱的人一起促膝沟通
过电的感觉已不限于激情
还有明灯一样的头脑清醒

黢黑的夜光明的心就一种
在曲折艰难里求造极登峰
我知道路是人走出来的甭
给我说困难重重那些没用
何惧赴汤蹈火有口气就中
认准的路就要人走完毕生
不是我不怕困难怕也没用
谁都不可能随随便便成功

恶风刮不死春天

春天刚刚露头恶风就逞凶
刮得昏天暗地找不见踪影
含苞的春芽还没来及返青
就扼杀在无辜的蠢蠢欲动
春天的温度一点也不温情
与冬天相比说不定还要冷
穿着厚棉衣还觉得有点冻
躲在室内不想做任何事情

恶风刮昏了春天失了灵性
一任这么刮着并不敢出声
怕风变本加厉越刮越绝情
不置之死地残害就不会停
有人说了置之死地而后生
背水一战破釜沉舟懂不懂
既然春天来了既然已脱生
就要活下来管他多恶的风

春天中午的黄昏

春天的中午像黄昏一样沉
沉甸甸的一点也不见动人
垂头丧气岁数大得真吓人
竟然看不出是稚嫩的青春
人到这份上谁没点同情心
可是最没同情心的还是人
同类相残连动物都怕不忍
而人竟会觉得这才叫做人

黄昏的夕照可是美妙绝伦
这春天的中午没一点神韵
风扯着嗓门喊得都快没魂
声不着调还一个劲地瘆人
现在的孩子已不知啥可恨
把些破烂垃圾当成了纯真
看这外面的天面露着凶狠
哪里有春天那种楚楚动人

氍　毹

春天迟迟不肯走上舞台
还像满嘴没牙的老太太
牙都掉光了还没镶起来
秃枝更像换牙的孩子在
童年时代还没有羞耻心
天真烂漫得充满了可爱
树枝摇动随风款款摇摆
像动作不到位的小女孩

无叶无花的春天很难耐
像纸鸢的尾巴那条飘带
那是冬飞扬在天空的海
那是打鱼船在秦皇岛外
白浪滔天是春风在使坏
惊涛岸惊得人目瞪口呆
姹紫嫣红为什么不到来
想必正羞于那情窦初开

冲雨凝思

湖面的雨油炸着春节的日子
是豆腐是带鱼或者是肉丸子
散发出馋香嘴都要流哈喇子
这一场雨可真让人馋得要死
站在湖边撑着油伞冲雨凝思
一晃半年多多少久违的日子
终于来了千万别是梦里犯痴
痴呆呆地望着别提有多踏实

久旱的季节正变得喜乐滋滋
绿油油的麦苗跟油菜花弄姿
油菜花笑了笑得快不能自持
麦苗并不介意真是个小孩子
雨为麦苗擦擦脸关心的样子
让麦苗情不自禁嚼着这充实
关心人的雨是这世上的金子
不比金子还主贵是生命的诗

雨中的灯笼

那披着盖头的新娘很时尚
张灯结彩还在对节日遐想
春风增添了她婀娜的模样
春雨增添了她活力的绽放
灯光的轮廓在红盖头下藏
曼妙的心事向红盖头外淌
鲜黄的流苏是裙摆的飘扬
剔透的中洞是心窍的灵光

那披着盖头的新娘像在想
她的新郎究竟长什么模样
谁来揭她的盖头谁来捧场
谁会将她抱入梦寐的新房
洞房花烛夜会不会很欢畅
会不会有人愿意来闹洞房
诸多的心事都在熠熠放光
只有春风携春雨连哼带唱

好事连连

才下了场雨又下起了雪
春天的万物一定很那个
看院里的灯笼都蛮快乐
仿佛圣诞老人立在院落
再看那冬青也头顶着雪
一动不动像跟人玩沉默
秃秃的乌柏看上很随和
顶天立地一点也不觉得

雪下白了地也下白了我
呆立在雪中享受着快乐
也不知道庄稼又会如何
是不是像我一样很快乐
昨天上坟沙土弄泥了脚
今天的老家庄稼会如何
昨天还听老家的大哥说
下的还不够还得下再多

瑞雪飘飘

漫天骤雪下得那叫做好
遮没了万树遮没了麦苗
遮住高楼那俊俏的身腰
也遮住了人通行的街道
走在雪下只觉飞虫扰扰
丝丝凉气钻进人的棉袄
下白了头发也下白眉毛
下得肩头和胸前都白了

这是场春天的雪迟到了
但来的还算时候很妖娆
原驰蜡象就是它的写照
能见度极低低得不得了
至多只看到物体的飘渺
既像逢圣诞又像过年了
瑞雪兆丰年充满了自豪
整个世界都被雪花拥抱

在血与火的诗歌里

在血与火的诗歌里
凤凰在舞灵性在舞
飞龙在天潜龙在渊
在一切生与死面前
诗歌在接受着考验
流淌于韵律的血管
翩翩着舞姿的火焰
龙腾亘古凤凰涅槃

在血与火的诗歌里
孔雀开屏春风扑面
情不自禁花好月圆
在一切世界观面前
人生在接受着历练
价值被重新来定位
追求则更贴近自然
血在燃烧火在耨田

前 景

雪化了年化了春天发芽了
喝足了降水的土壤舒坦了
一年长出了梢也长出希望
茁壮成长的年将不在话下
年景决定收成人人都知道
知丰知歉的庄户人更晓得
虽还没姹紫嫣红已经定格
接下来是莺飞草长的三月

春天还会化去身上的棉衣
人越穿越薄在春风和煦中
瞅着眼前美不胜收的轮廓
春心荡漾承载着春情脉脉
像无数只小船游弋在江河
驶入大海或嬉戏在河湖泊
宛如莲花撑着白帆样的波
更有映日荷花尤前景广阔

夜的精灵

偷偷摸摸的夜带着股寒气
那是早春二月料峭的鼻息
天已睡院子里只有我自己
各家的灯明也都已经关闭
门前的树望着我一旁直立
并没有俯下身说只言片语
我望了望天它睡得好惬意
没有打呼噜也没有被惊起

夜的好处就在于它的静谧
可以不受干扰想自己的题
我蹑手蹑脚在寻找着诗意
满脑子糨糊在心火里面急
春寒抱着我为我掖了掖衣
怕我冻着仍然是小心翼翼
一丝灵感掠过紧了紧头皮
急转身回屋把一首诗速记

劲舞的灯笼

随着风的节拍漫漫扭起来
跟着风的节奏瞧越扭越快
扭动的灯笼整个都在摇摆
圆鼓鼓的身体摆得挺可爱
大红的衣裤看放射着光彩
沉稳的一颗心更是蛮可爱
人欲静而风不止总太无奈
春风恼人就是这样不应该

劲舞的灯笼话都说不出来
娇喘阵阵乐得都快失了态
一波未平一波起迫不及待
风像音响播放着好戏连台
灯笼摆动着身躯也属无奈
那乐感不亚于专业的老怪
夜深了风住了灯笼停下来
可是睡意全甩到九霄云外

春风谐趣

一个嘚啵嘚的孩子总没事
在人面前嘚啵嘚烦得要死
这就是春风没长大的孩子
不知道看人脸色盲目行事
人烦的时候就别再不自知
说些没用的话讨人的眼屎
人恼的时候就更别再找事
落个没趣实在怪自己愚智

无聊的人才跟春风逗闷子
像院里的灯笼就是这样子
你照你的明你把院落装饰
何必像个保洁工嚼舌根子
既没有奖金也不多发工资
何苦来哉还能把你清闲死
逗人家的小孩有什么意思
逗人家的小狗哪天必出事

坐窝的冬天

冬天像只落窝鸡把春孵化
大地上的冬小麦像群鸡芽
跟在妈妈身后俏皮地玩耍
最盼其长大的还是冬妈妈
春的羽翼渐丰长到了半大
一时半会还离不开鸡妈妈
看春寒料峭那是冬的办法
呵护青春能绽放一树红花

抱窝的冬天免不了遭人骂
没有二十一天坐窝是白搭
坐窝的冬天正为了鸡娃娃
颗粒饱满才不负六月的夏
冬天的情怀其实真很伟大
就像每一位生养孩子的妈
为了孩子可什么都不算啥
正如冬天忍受那些个尴尬

为了那几张烧纸

为了那几张烧纸一生尽失
没有快乐和自由没有意志
也没有活着的追求可仰恃
像一只喘气的牲口拉磨子
虽然还留有生命存活于世
但只是个躯壳并没有脑子
为了那几张烧纸生不如死
像一根绞索紧勒人的脖子

那是天光下正受刑的傻子
那是骗术下正愤怒的疯子
那是压制下正承受的白痴
那是失去自我的一种理智
惠民政策嵌上骗人的幌子
受害的是无数的踏踏实实
为了那几张烧纸艰难度日
把梦魇当作美酒回避现实

哨声里的春天

谁在吹口哨调门很高
噢是外面的风在叫好
春天一亮相就恁热闹
是春的名气让天倾倒
靓丽的春真是花枝俏
尽管还没有来及言表
杜鹃已经让双颊来潮
海棠又让粉面更出挑

像一场演唱会恁热闹
坐下的天籁齐声叫好
叫得那个狂都变了调
还是不住声越喊越高
整个会场已经炸开了
热情滚烫烧得起燎泡
哨声里的春天真独到
可比春晚的场面热闹

明媚的春天

皮肤白皙五官也那么标致
简直就是美女中的一极致
比秋高气爽还要感到舒适
脉脉含情真犹如横空出世
千姿百态的花朵像身服饰
衬托得春天让人爱得要死
颀长的花茎是光润的脖子
玉雕的美人已说不清价值

明媚的春天花香醉倒鼻子
嗅到的体香熏得人难自持
没有杂念就不是人的脑子
恐怕连动物都会骂他该死
美中之美还在于他的气质
摄人魂魄不瞅都难转眸子
春天啊春天你简直就是诗
韵味无穷何止于绕梁三日

春 望

高楼真精神亭亭玉立的人
在春风中沐浴阳光的拥吻
尽管脸很凉灼热的是芳唇
将一股激情传给另一颗心
两个都醉了醉眼带着纯真
惺忪的样爱里的人才思忖
已不能自持被他们的倾心
卷入大海淹没在波涛滚滚

萌动的春情总是带着天真
与天地谐和像万物的可人
花儿朵朵开笑脸返璞归真
那是懂爱的人打开的心门
春意融融化去了冬的怨恨
柔条万千宛如灵巧的腰身
望里的一切都变得很动人
是人装点了春春装点了人

阳光钻进我的屋

阳光钻进我的屋神气十足
冲我挤眉弄眼一点不含糊
让我把屋里看得清清楚楚
哪一点干净哪一点有灰土
都尽收眼底瞅空去除一除
阳光面带笑并没让我生疏
而是让我感到心里很舒服
突然到来的美人扮靓住处

阳光这么好可真让人知足
有阳光造访胜过满屋挂图
阳光很文静一点也不唐突
抿着笑口不言冲着我注目
我被阳光看得都有点糊涂
是否我的衣着穿得太粗俗
或者我的样子有点不突出
要么就是她看上我哪一处

楼腰观景

看绿水红鱼池里几多意趣
蓝天淡云远全部都在望里
总在俯仰之间有不少情趣
丰富了想象充实了人自己
那一缕春风吹来天的鼻息
清新爽朗还有淡淡的香气
花未开树未叶香来自哪里
前些天的雪在不远处堆积

院左的高楼已经起来主体
内粉外粉正在抓紧地继续
又是一处风景高高地耸立
不单亭亭玉立还胖瘦得体
想象楼里的灯光神采奕奕
像无数只眼睛冲着人顽皮
绝好人居处不正是在这里
修心养性神仙都不无妒忌

又见夕阳弄姿

西天余晖此际正霞彩纷飞
躲在楼西笑得都合不拢嘴
是不是想让我猜猜她是谁
我偏不说让她以为我棒槌
她躲了一会这才跟我面对
准确地说是我走入她秋水
她瞅着我显得那么地妩媚
比梦里的她可要令人心醉

那一头丽发金黄里插玫瑰
红黄交融竟分不清谁是谁
她用手理了理头发的秀美
蓬松的光差点把魂给弄没
她揉了揉眼并不是她瞌睡
是让我的注意力跟她尾随
搔首弄姿也是为尴尬准备
怕局面僵化两人无言以对

深更夜话

夜深深却无法埋葬心中的恨
害人的都是些人最相信的人
鬼话与人话谁知道怎样去分
听着是人话却是说鬼话的人
听着是鬼话倒是说人话的人
人何以成鬼鬼又何以成了人
鬼讲人道讲得自己都当作神
人行鬼道已成了赖依的根本

夜沉沉却无法让自己不再恨
害己的都是跟己有关联的人
鬼话与人话谁知道怎样辨认
人说鬼话说得比人话还要真
鬼说人话倒让人存着戒备心
人何以成鬼鬼又何以成了人
鬼的人性比人的人性多得很
人怀鬼胎比人的人性要摄魂

陌　生

鼻孔听到了香气
耳朵嗅到了声音
嘴巴呢不住打嗝
像眼睛遇到熟人
心脏总想歇一会
而大脑又不停事
舌头品了品滋味
腮帮拉到耳朵根

伸手约了约手劲
四肢就像那树枝
风中摇摆似风吹
片片树叶连衣裙
看那晴空的眼神
看那广袤的胸襟
再看环境的颜色
春天从来都这劲

到好天里找好心情

天有不测风云终归会放晴
要学会到好天里找好心情
别的管不了管住自己的命
开心点快快乐乐就是好命
别为鸡毛蒜皮的事瞎折腾
闹得自己不开心像要寿终
想开了一切都会化为风景
像一首诗一样值得人吟咏

看外面的天再看外面的风
诗情画意保不准就在其中
学会享受学会跟自己斗争
就一定能把烦恼的我战胜
别辜负了好天别辜负美景
那是造化给人准备的汤羹
啜上一口一定会让你感动
感激苍天疼爱着芸芸众生

与黎明比早

当夜还没有起床
我已穿好了衣裳
在院子里面翘望
等黎明出来吊膀
瞧院里面的操场
已有不少人在忙
有的在走有的唱
扯着喉咙吊着嗓

黎明带来了曙光
身着一身运动装
东边走来懒洋洋
脸色看上去真棒
原来她在家化妆
耽搁了这么一晌
举手冲她摇一摇
露出一副笑模样

约会黎明

明天一起晨练一言为定
谁比谁起得早还不一定
夜色刹那给人一种心情
如怀揣只兔子扑扑腾腾
恋爱中的人就这副德性
总禁不住一点风吹草动
看那张夜幕的脸有月明
光彩在心里面化作梦境

约的不是别人是神女峰
当年跟怀王云雨的女性
她的神采可谓风情万种
能摄去人的魂和人心动
她的轻佻更有点说不清
跟多少人有染已记不清
会怎么晨练别问得太清
旦为朝云暮为行雨那种

大风歌驰

风的大军吼着进行曲
嘹亮的歌声此伏彼起
听尖锐的似异军突起
听沉浑的频传几万里
歌声鼓舞战斗的士气
歌声表达着乐观主义
风的大军蜿蜒多少里
不见首尾只望见身躯

犹铁道长龙经过这里
络绎不绝巨蟒的身体
像鲲鹏之羽腾空而起
飞沙走石弥漫了天际
云为风之势伴随朝夕
风为云之魂充满神奇
源源不断风把云堆积
大军过后天在解放区

听风歌唱

仿佛看到星光大道
风站在舞台上咆哮
人冲声嘶力竭叫好
喊得嗓门都变了调
混作一团热热闹闹
就像窗外这种情调
群众的舞台被颠倒
又被群众捡回来了

看那评委露出焦躁
不安的心一脸懊恼
不时摇头冲镜头笑
笑得像哭摇头晃脑
想打岔怕影响不好
只能顺应大呼小叫
又一颗新星出现了
被人捧得老高老高

劝风箴

风你为什么事干嚎
为什么没命地嚎叫
你是为死去的亲人
你还是为了哪一遭
也没听说你家死人
不会是跟人开玩笑
该不是为竞争上岗
让你恨得才把牙咬

别生气那是个圈套
是他们惯玩的花招
他们早已都内定好
走走过场只为搞笑
你要信他你才傻吊
他们就为捞些钞票
你送他的一定还少
才让你成这种笑料

风惨淡了春

本来含苞待放正与天共樽
不曾想一场大风惨淡了春
含笑的花蕾收起来那嘟吻
把嘴撅得快能拴一嘟噜人
海兰泡事件那根绳在思忖
比沙俄还凶的是身边的人
纠结于心的已不简单是人
而是表面看不透的人的心

历历往事依然还记忆犹新
杀人不见血是政治的根本
大风还在刮刮得地暗天昏
刮走了春天那善良的眼神
才知天为什么变得恶狠狠
原来是人间流氓别有用心
流氓好多种政治的最可恨
没见风残害平白无故的人

春风吹来的日子

碧水蓝天透亮得让人爱死
一尘不染晴朗里散发舒适
阳光笑眯眯就像我这样子
瞅着大地处处招展的花枝
那是人女人们身穿的服饰
姹紫嫣红颜色缭乱了眸子
还有白皙被阳光照的样子
熠熠放光鲜嫩得难以自持

昨日的春风揭去了云幔子
呈现出一派光彩让人省事
好好享受不要沉湎于琐事
被乌七八糟搅乱自己心思
忧者自忧烦者自烦别那着
生命该有一段美好的日子
春光做伴还有什么可疑迟
放飞你的心再大喊一嗓子

春　光

春光那张白皙的脸
眉毛是眉毛眼是眼
还有颗翘鼻子亮点
集中在翘鼻子下面
圆嘟嘟的红唇一点
小嘴轻启白牙刺眼
柔声细语春风拂面
都能嗅到吐字的甜

一句句话字正腔圆
一颗颗珠玑特新鲜
只有樱桃才有的鲜
长空是间大棚的天
樱桃种在大棚里面
若揭去穹庐能看见
宇宙里的星星点点
和这垂涎欲滴的鲜

太　阳

强烈的光线强烈的欲望
穿透那云层照到我身上
照亮了大地照亮我眼眶
照进我眼珠照进我心房
那是你的爱伟大的太阳
我始终钟爱的梦里天堂
你能亲近我我只能分享
分享你给大自然的光芒

感谢你的爱从来不私藏
决不会因为别人的眼光
让你改变你最初的情肠
你是那么无私令人神往
想依偎到你怀里放声唱
唱人间的美好生命芬芳
唱太阳爱我我更爱太阳
唱和谐美好人间即天堂

一颗韩星的陨落

二十几岁实在太年轻
却已是个完结的生命
对于潜规则她不太懂
一旦被潜了可就要命
小小年纪经不起折腾
灿若春花一夜间凋零
这个社会已身染重病
病入膏肓扁鹊都头疼

想当年看一看蔡桓公
不信医术才命丧寿终
假使扁鹊的话他能听
哪至于那么快就没命
而蔡桓公可已不年轻
比女明星年长好几成
他们的共同点是硬挺
不知活着要学会斗争

背阴里看天

一尘不染的淡蓝那么深远
埋藏着多少思想多少理念
望着这晴朗我融化到里面
不是变成空气就是变成仙
里面没有我我依然在地面
朝着这美景快要望眼欲穿
空虚有时候比充实更待见
就像此刻我已经化为云烟

不想玷污她这份纯净的天
就像她不想玷污我的双眼
一只鸟都没有只有些意念
在我脑海里起伏像一只船
我划起双桨用耳朵去打探
想听到风声掀起的浪滔天
这么静静得有点毛骨悚然
像午睡没有醒身在梦里边

高老太爷进城论

是该怪白露的开放
还是该怪那个年代
以至于白露的风采
高老太爷呜呼哀哉
时至今日流毒尚在
欣赏美的眼光作怪
悲剧并不是都悲哀
别被封建头脑所害

是该怪白露的前卫
还是该怪那个时代
看到脚脖想到裤带
直入腿窝蚂蚁缘槐
这种人才叫做奇怪
联想的本领真帅呆
从小腿到大腿唉咳
钻进人裤裆里瞎掰

眯眼看太阳

眯起眼看太阳还是那么晃
那莫非就是一个摩登女郎
白皙的肌肤泛着潋滟的光
一茎茎发丝比光线还柔长
还有胸脯正一起一伏波荡
能把人吞没远凶过三尺浪
无臂的维纳斯一副溜肩膀
光滑溜圆摸一下能把命丧

眯起眼看太阳就像只色狼
色眯眯的眼一副享受模样
想入非非正在打开一扇窗
窗内的隐秘全收进了眼眶
有香气扑鼻也有音乐荡漾
还有目不暇接美丽的景象
最吸引人的是脱光了衣裳
赤裸裸把人的魂送上天堂

春　天

春天善良的阳光
让人看了都舒畅
她的这分好心肠
足以让人永不忘
在人险恶的身旁
能有这分暖洋洋
还有什么可凄惶
还有什么可沮丧

春天美丽的脸庞
百花盛开的地方
听那喜鹊的歌唱
闻那大地的体香
还有气息的奖赏
加上笑容的悠扬
人还不荡气回肠
岂不要贻笑大方

天　说

天说不是我说我爱你
就不再刮风不再下雨
而是阴天要怎么去过
晴天该怎样好好珍惜
春夏秋冬这一年四季
不可能总是千篇一律
那样会乏味会少情趣
最后搞得人没有脾气

天说爱其实有它的理
该爱要爱生气归生气
若不违背原则别介意
爱是在修正中完美的
一成不变的人没有的
好多过程都在磨合里
磨合得好会皆大欢喜
磨合不好要加倍努力

情见乎辞

天黑得就像一匹狼
把人吞进它的腹腔
嚼碎的人杂乱无章
被些念头折磨思想
顺着长夜顺着肚肠
在漫漫里承受茫茫
黎明总不到来可想
而知一个人的盼望

脑子已浑成一盆浆
在失眠的胃里酝酿
做一泡粪还是营养
让这匹狼与日俱长
夜从来都是这个样
只是时间耗着时光
当夜被黎明给灭亡
人才会重回到世上

春分狂啸而来

谁家死了人哭腔混合的声音
惊天泣地怎可能不牵人的心
声音这么悲怆要摄走人的魂
鬼哭狼嚎在大风中豕突狼奔
今天什么日子噢又一个春分
该不是呢节气变化总这么准
天风高得直插入九霄里的云
刚吐芽的春树真可怜得头晕

一泓湖水表面皱得像抬头纹
湖里的鱼全都躲藏进了水深
晃动的影子像湖水内裤的劲
影影绰绰透射湖水的连衣裙
那里一定很暖和因为有地温
这时候的地面比空中要温存
就这么狂啸而来没给一点信
来得让人吃惊更多的是欢欣

河　床

从一个夜到另一个夜
宽窄不一样它们就像
那宽窄不一样的河床
涉春涉夏涉秋又涉冬
每年要涉度的这时光
就好像一个浮家泛宅
撒网打鱼的老捕鱼郎
为了生计而不停地忙

从一个白天到另一天
也像这一样也是一条
宽窄不太一样的河床
涉春涉夏涉秋又涉冬
每年都要涉度的时光
就像个打夜作的作坊
颠倒黑白且不见天光
人睡的时候他却在忙

夜裹着的梦

谁把夜织成了网套
硬把人赶回到蜂巢
谁把梦一通地乱薅
填进人睡不稳的觉
是太阳是月亮还好
不是兴风作怪的妖
夜在梦里是件睡袍
裹着人伸不展的脚

脚登着梦像踩着桥
从已知向未知远眺
未知的路一片杂草
野兽出没随处飞鸟
有惊心动魄的喊叫
也有大自然的拥抱
做梦的人不是无聊
是在潜意识里嬉闹

盆 花

经冬的花草又走出屋
与院里的玩伴打招呼
仿佛自己是高贵一族
趾高气扬很满不在乎
怯生生的小草真羡慕
望着他说不清多嫉妒
心想都是一样的庶物
为什么他就这么舒服

端出来的花草被紧箍
待在花盆里忍受束缚
看着地上小草们追逐
心里生出无限的孤独
不能跟玩伴玩太残酷
这样的生活哪有幸福
真想像小草一样欢呼
可环境让他不由自主

一切尽在未知

未知就是未来藏着多少梗概
让人去探索让人去用心去猜
可是未来就像个淘气的小孩
用恶作剧上演他兴趣的澎湃
在未知面前人多少会有期待
更多还是站在现实里不离开
现实多么诱惑即使很不自在
还是恋恋不舍怕前面会更坏

未来总是未知设法把人迫害
因为环境早把人给定格下来
人爱怀念从前人更留恋现在
对未来并不会抱太多的理睬
这就是人保留着动物的血脉
得过且过不为以后费心安排
未知的比已知的要折磨脑袋
所以今日有酒今日醉原生态

风情迷人

风掠走我的体温让一阵阵
舒爽沁入我的心在所不问
我的感觉俨然就像老熟人
风还放纵地在我脸上亲吻
吻干我脸上的汗吻我嘴唇
也不怕烟味熏着她的热忱
风很泼辣有时也会很温存
就像此刻风简直就是个神

人对神的崇拜是一种甘心
更何况风还是美丽的女神
看风的长发从头顶到后身
一直拖到脚后跟像一袭裙
拖着地盖住她的背影真真
像一个广大灵感的观世音
风有点像个人又不像个人
因为风比人有更多的率真

人海观瞻

我站在街头看来来往往的人
想通过他们的外表观其内心
仰头娘们低头汉早已成定论
而我在细致地捕捉他们眼神
眼神的形态最能反映一个人
眼睛是心灵的窗户真是精准
贼眉鼠眼不在穿得有多精神
光明磊落破衣烂衫也是好人

看了半天准确说是看了一阵
形形色色各色人等鱼龙杂混
城里的一看便知是个城里人
农村的一眼就看出是个农民
别管他西装革履还是穿一身
粗布衣裙都不影响人的神韵
善良的走在街上是一道光晕
而丑恶的走在街上都不放心

鞭辟入里

让鬼变人难让人变鬼易
会有谁不知道这个道理
可是为什么人都变鬼去
对人怀着那么深的敌意
你既没有曾强奸他的妻
也没有把他孩子投井里
更没有掘他祖坟惹他气
为什么他会这么不讲理

想一想是否有别的怨隙
不该平白无故无耻至极
噢他发迹了变成了地痞
想让你知道他握有权力
才变成个鬼欺负欺负你
以此满足他付出的努力
这种人本身就是些鬼蜮
你把他当人看是你没理

天又深晴到豪迈

抬眼望去不知望出了多远
快要把天上的星星都望见
一望无际整个是茫茫的天
万里无云并且没一点杂乱
就宛如一张白纸一尘不染
驰骋开想象都跑不到纸边
忽然间怀疑这还是不是天
怎么会晴成这样艳福不浅

是呀艳阳已跑到天的西面
冲着身后甩出无数条钓竿
她也爱这天爱得都心里馋
嘴里流没流哈喇子没看见
即使她回过头还是看不见
毕竟她离这里也太远太远
天真豪迈没有被姿色迷乱
挺着腰板看上去风度翩翩

旭 日

当太阳的舌尖触及到地面
汽车关上大灯小草又绿色
整个大地都兴奋地踮起脚
齐刷刷向东边看太阳脸蛋
红丢丢像个调皮的小胖孩
舌尖在嘴里扪弄也不停闲
不知她为什么喜欢这样玩
吞吐着舌头冲着人做鬼脸

莫非她在跟人玩走马观花
用姹紫嫣红和这青枝绿叶
挡着她犹抱琵琶的鼻和眼
怯生生偷摸摸抛出个媚眼
引人入胜没一点点坏心眼
初升的太阳总是这么好玩
毕竟还是个没长大的小孩
让人爱怜更让人没有办法

望乡生情

放眼望锦绣满眼风光遍地楼
雨后春笋竟不知今日何年头
突飞猛进城市发展争先恐后
一个三四线城市欲独占鳌头
十三五规划已开启新的风流
不日将会赶上大城市跨一流
这是梦乡弄潮儿把红旗的手
招商引资真不愧为斫轮高手

背倚太行脚踏堤黄河水悠悠
冲积扇上三角洲盈万亩田畴
一地冬小麦油菜花正盘喜头
芝麻开花节节高不嫌玉米瘦
问神州大地属这里发展滞后
须当仁不让该出头时就出头
好政策是条路还须人好好走
抓住机会不放发展不分先后

悲风号啕唤清明

风声不对不是愚人节捣鬼
为什么这样让人撕心裂肺
哭天抢地没有一点的背讳
真情实感流露在万念俱灰
到底怎么了谁能敞开心扉
把来龙去脉明白说上一嘴
没事的我不会当成你胡擂
快说一说到底这是因为谁

风已丧心病狂哭得泪雨飞
哽咽的声音让人遭这份罪
天都惨得太阳都耷拉起眉
欲言又止跟着风一脸尴尬
这哪里是景简直就是遭罪
看不见一点春天的那种美
悲风号啕唤清明痛彻心扉
天不是天地不是地花抹泪

现实一瞥

我不是孙悟空没那么神通
好多树和花还都叫不上名
若我是孙悟空土地佬准听
不知道的事叫过来问就行
相当年前孙悟空大闹天宫
把个玉帝老儿都闹得头疼
下界的一切全都在掌握中
金箍棒一杵土地佬忙支应

这是什么花这是什么树名
字比从网上查出来的都清
事实上事情可不是像这种
问谁谁都给说并且不矫情
现实里会矫情的人贯西东
知道一点东西能得不能行
留着自己用也不知当礼送
装蒜反正就爱这么瞎折腾

春天里

风嚎着像一群狼
所到之处起苍黄
飞沙走石树摇膀
花妖树怪齐声唱
唱得什么是鬼腔
歇斯底里一个样
池中鱼潜底天上
不见飞鸟敢飞翔

青春年少善伪装
花枝招展有心肠
一旦揭去其伪装
兴风作浪到疯狂
仅仅一个小伎俩
惹得天空并地上
眯缝眼睛细打量
惊心动魄不敢想

清明鬼节

凄厉的哀哭风声竟止不住
从早嚎到晚嚎来一场雨珠
雨是天的泪伤心到了极处
风裹挟雨搞得人心不舒服
风似通人性带着雨这包袱
像给死去的人带来的供物
人与风相和嚎得心头紧蹙
犹紧蹙的眉头疙瘩成花簇

眉头像花骨朵饱含着雨露
那是先人培育的感情基础
先人不在了这份感情凝固
会花开落瓣还是花凋枯蹙
雨在坟地抛洒祭奠已作古
已作古的人还有没有感触
凄风苦雨中坟头草树狂舞
像跳大神的巫婆拍打手鼓

神　志

脸上的痒不知是雨是泪珠
奇奇的怪怪的上传到脑颅
更不知是真实还是种感触
伸手去挠解决这股不舒服
清明的风嚎得人心都发憷
凄厉声声就如同狼嚎鬼哭
群狼孤鬼从阴沉沉的天幕
扑向意念给心里一种恐怖

熟识的人当然不会心发怵
陌生的人像那坟头才恐怖
如同他们活时在街头环顾
那眼神让人警惕那种抵触
如今入了坟难保不惹事故
就像街上那无事生非的主
坟没有动动的是上面的树
像鬼在拍手热情把人招呼

春风的撩拨

风已不是那风尽管很好动
但已不再不通人性不再冷
在街头在旷野在闹市当中
像疯狂的街舞是春天一景
风的嗓门很高而且很个性
比阿宝的嗓门还高还耐听
并且很自信不能说没风情
千回百转鬼哭狼嚎人震惊

春天的颜色可谓姹紫嫣红
犹少男少女的打扮之煽情
红得发紫紫得让人不则声
那艳丽真能迷乱人的眼睛
再就是她的主动吊膀调情
不是软绵绵的话语是激动
春风所表现出来的那股情
能把人熔化没有人不冲动

门 道

舞台上歌星的动作像要大便
不停蹦跳才强把节目给演完
而跳舞的人动作就像要小便
若不扭动一定会尿到裤里面
观众不明原因看得圆睁着眼
觉得很美觉得那动作很好看
歌皇舞后心里面叫着这个惨
恨自己真不该非要挣这个钱

一个节目一演完就不见演员
蹲坑去了连数钱都不顾数钱
一番拉撒过后才感觉到舒坦
身体放松这时才会去找老板
讨价还价已不是这时的关键
够不够数才是这时候的纠缠
他们容易吗为了挣得一笔钱
连身体都不顾更别说会要脸

我不是诗人

我不是诗人诗人都已死去
不他们还活着活在春天里
看那花和叶他的人格魅力
让人肃然起敬赞赏其美丽
那是他们的灵魂他的诗句
吟诵着春天带来勃勃生机
不需要结果结果已没意义
意义就在他曾经这般美丽

我不是诗人诗人都很神气
即便在逆境他们也不丧气
他们都是神或在替神传递
天的旨意暗示人天人合一
他们皈依自然脚踩着大地
将光和影留在人世间神秘
过去现在将来如莲花本体
这就是他们修的因果关系

清明时节

梦归故乡人归故乡天气爽
缕缕清风明媚阳光照坟岗
麦草绿了沙地松柏翘首望
稀稀拉拉接连不断来焚香
鞭炮响起来叩开先祖热望
培土扫墓后继有人赡粮饷
阴间与阳间没有什么异样
为争烧纸少不了你争我抢

荒坟座座在一旁不声不响
已不知谁家把它已经遗忘
隆起的像脊背看那副脊梁
生前一定也像牛马似奔忙
叹命运多舛不知明天怎样
就像这荒坟过一天少两晌
入土为安羡慕他们不用忙
忙碌的生命全都这副下场

清明一炷香

清明一炷香一炷事佛的香
我侍奉的佛与香客不一样
不在佛国不在庙堂在身旁
感到已摸不到徒留下怀想
父亲大人离开我回了故乡
故乡的土堆起父亲的坟岗
他长眠于此陪伴他的爹娘
攸有所归落叶归根的地方

这里的麦草都散发着异香
养育父亲的童年伴他成长
作为后来人到死都不敢忘
这片土地是我的根脉取向
香烟袅袅升腾在一片空旷
宛如我的追忆带走了思想
父亲出来了依然那样慈祥
他轻声对我说你该忙你忙

别那样

天上星光闪闪疑是核电站
那里别是福岛可别有危险
感觉依稀记得福岛在东边
相隔万里遥辐射还在蔓延
空气中放射性物质超标但
还不至于让这里产生忌惮
一场大地震祸害得可不浅
堂堂高科技竟成了祸根源

发展与环境是不是可双兼
别像太空垃圾贻害讨人嫌
发展的同时可别忽略危险
只注意到一面忘记另一面
事物的两面性唠叨上千年
能否一分为二说得客观点
不是让发展时裹足不前但
也别把人定胜天当口头禅

月光下的蟋蟀

月月的工资都花到精光
每天仍像蟋蟀一样歌唱
特别是到月底掐指盼望
不知要哪一天工资到账
月光下的蟋蟀像我一样
在草窠里或在大街小巷
唱着自己的歌听风张扬
享受生命欢度曼妙时光

月光下的蟋蟀不知悲伤
孕育着子女或像凤求凰
这是生命的极致并不像
人想象的那样怕打饥荒
精打细算过自己的时光
不用管世界桑田变汪洋
月光下的蟋蟀除了歌唱
还有无尽的夜色可馨享

我是一只月光下的蟋蟀

我是一只月光下的蟋蟀
并不去管冬天就要到来
唱自己的歌吃喜欢的菜
在月光里享受自由自在
每月花光的钱按月会来
得过且过不怕人祸天灾
也不怕冷酷会多么悲哀
更不考虑以后咋活下来

我是一只月光下的蟋蟀
吟唱着自己命运的豪迈
秋风是给我伴奏的大海
寒夜是给我搭设的舞台
我在秋风里随草叶摇摆
我在寒夜里冲月光感慨
每月花光的钱再挣回来
熬过一月又一月不悔改

洒 脱

除了开心我已经一无所有
噢差一点忘了我还有自由
这算不算幸福算不算足够
只有我晓得没有人拿眼瞅
他们眼里除了钱别的没有
不知要钱干什么丢掉自由
哪里会开心呀皱着个眉头
低三下四活得不胜一条狗

虽说各有各的活法但活头
并没有几天转眼就会没有
无论吃糠咽菜或大鱼大肉
人的命并不掌握在自己手
一朝命丧黄泉魂归于乌有
再想回头恐怕都受辱蒙羞
不如趁早享受快活和自由
让精神超脱俗世里的污垢

真　谛

爱能让冰封的大地融化
爱也能让枯树长出新芽
爱可以让人享受到盛夏
爱也能把人都变成傻瓜
凡事都有度否则会尴尬
凭沐爱的时候学会放下
极端的做法极端的想法
爱才会像不会枯萎的花

爱并不是结果而是芳华
需要养护不是伸手摘下
欣赏爱的悦目如蝶恋花
深嗅爱的扑鼻像蜂周匝
学会懂爱懂得爱的伟大
学会识别认识爱的真假
爱也需要培育宛如养花
爱也需要经营裒多益寡

沉默孤独的夜

在那个沉默孤独的夜
没有风没有雨没有月
就连星星也都睡去了
仅剩文字在眼里跳跃
感觉蚊子在喝我的血
我沉浸在思想里领略
我孤独在寂寞的里面
忘记那是怎样一个夜

在那个沉默孤独的夜
吊灯陪着我呕心沥血
我看不见屋里的摆设
对眼前一切毫无知觉
摊开的书平躺在桌角
疲惫的我仍还在熬夜
夜糊住我头脑和视觉
也糊住我的内心世界

天 海

眼前的天像一片海
波涛滚滚都是云彩
海天一色雨从中来
不知正下还是阴霾
地面上狂风在摇摆
一个个浪头把手拍
头顶上厚厚的云盖
像蒙古包包抄过来

呆立在十楼的窗台
看到的情景很奇怪
如置身于茫茫大海
手扒着楼船的舷带
强劲的风呼啸在外
而船舱里倒很自在
望里的一切真不赖
在抗争命运的安排

雨

雨带来的清新回肠荡气
凉丝丝潮乎乎润肺健脾
这是生命的雨露是针剂
是天公在给生命打点滴
感谢上苍馈赠人的厚礼
比酒水可珍贵的水蒸气
缓解的旱情增添了活力
无论人或动物还是大地

衰草一棵棵都披上新绿
如节日的孩子满脸喜气
洋溢着欢乐蹦高地蹿起
活像一只只小鹿在嬉戏
夜成了万类欢娱的场地
全敞开心扉纵情地呼吸
凭沐这低语的人的体己
倍感亲切不知从何说起

夜雨初霁

雨住了已是半夜三更
没有谁会来领这份情
正如这天一脸的苦衷
何尝不是人揣的心情
夜雨初霁人都已入梦
不知有几人还仍苏醒
苏醒的人也是在屋中
谁会去管雨停没有停

夜并不去想雨的事情
也不去想要对起天空
只是一味黑着无语中
只考虑自己像在发愣
雨簌簌下过悄悄地停
如伤心的人那种情形
过去就过去了就当梦
何必非把自己困梦中

天相寓情

当太阳的舌尖刚刚触到夜的屁股蛋
张着血盆大口的巨蟒脑袋呈银白色
白昼吞没了夜一切都又回到前一天
没有雨没有风也没有云彩的艳阳天
就在这一刻不知夜心里有没有想过
一级一级的食物链就是自然的法则
谁也不能违背只能老老实实充角色
比这夜还可怜的是此前的每个夜晚

有的被囫囵吞枣有的呢被细嚼慢咽
无论囫囵吞枣或细嚼慢咽都被粪便
排泄在历史的长河中从不害怕污染
哪些是帝王的尸余哪些是庶民的胆
滚滚波涛鱼龙混杂时间并不去分拣
夜就这样被白昼吞没倒也有惊无险
因为下一个夜还会重新再来到面前
把白昼分食在夜重新又占据的地盘

雷过天晴

天闹肚子一般咕咕隆隆
下来下不下来还不一定
哪像是下雨倒像吓人精
吓得人都舍了命往家涌
拉稀的天一点也不稳重
就下来几颗雨滴瞎糊弄
还让不让人相信你天庭
你咋跟有些人一个德行

云散了雨去了天又放晴
虽说已傍晚并不见星星
也没见月亮可能又吃请
不知又在啥地方把饭蹭
天也成这样到处把人哄
贪赃而不卖法怎么可能
执法者都这样被人诟病
哪里有天理哪里有公正

芒种端午节

端午千百年前的那个时节
忧国忧民的诗人与世决绝
葬身鱼腹逐汨罗江而奔泻
化而为粽留给后世一哽咽
粽子屈原合而为一的壮烈
如今已味淡色寡不知不觉
被人遗忘虽然还作为佳节
但其内涵远远有别前一些

适逢芒种与端午这天重叠
汗流浃背正值刈麦的时节
步入超市粽子堆得满世界
喜极而泣忍不住想起屈原
假使屈公躬逢今日之世界
又会怎样一定会呕心沥血
像习主席李总理一样热切
为百姓忧虑为国家之建设

仲夏雨夜

风把树叶含在嘴里
吹奏着哨音的柳笛
小雨迎风做深呼吸
雨丝散乱在夜空里
落在地上的是雨滴
飘在天上的是仙曲
有风的时候下的雨
把雨中的风当知己

麦收里的天挥不去
酷热难耐热汗淋漓
风也不是纳凉的风
雨也不是消夏的雨
有风并不比没风强
有雨也不强在哪里
看风跟雨这样逗趣
烦躁的人热急热急

时下超级笑话

打开空调把温度调到最低
过上一会然后把空调关闭
不要多长时间温度会骤起
为消灭蚊子折腾来折腾去
蚊子会否感冒会否流鼻涕
会否像人一样搞垮掉身体
蚊子还在飞似乎并不介意
倒是把人搞得不像是自己

眼泪鼻子一大把痛哭流涕
折腾得自己被重感冒掳去
连忙找药对感冒进行截击
哪还顾得了蚊子沾沾自喜
蚊子不但飞像还唱着歌曲
唱得不着调满嘴哼哼唧唧
可恨这幸灾乐祸的小东西
一点也不体恤痴人的用意

闷热的天在想什么

天热成这样一定是有所想
闷热的天在想什么细思量
在想自己为什么这样窝囊
也不见得可能在想另一桩
跟自己无关的事人间沧桑
怎么把人变得像饿狼一样
为了两片嘴竟然丧心病狂
逮住谁吃谁全不考虑影响

不是说人为财死鸟为食亡
为什么人也为吃食而疯狂
仓廪实而知礼节并非这样
衣食足而知荣辱像在说谎
那么闷热的天到底怎么想
想不出来只好对着天凝望
天热得已经让人感到够呛
他的心事跟我是不是相仿

盛　夏

不论我欢不欢迎你都来了
不论我高不高兴你都会走
你就是你不受任何人左右
更不会想让什么时光倒流
你有你自己的想法在心头
你有你不喜欢的种种理由
时光就是时光流走就流走
并不会说为谁就为谁回头

盛夏我命里赤裸裸的朋友
你敢于一丝不挂敢于袒露
你的心迹和总包裹的怕羞
敢于不去在乎偷窥的眼眸
穷人乐夏富人乐冬而春秋
无论穷人还是富人都好受
之所以我愿意跟你做朋友
就是因为你是一个发烧友

龙湖印象

鱼腥把池塘岸熏蒸
汗醒弥漫了报告厅
大热的天找些消停
只是环境不怎么行
看格局别墅一栋栋
倒有些鼓浪屿形影
如果是海边敢情中
一定能听到波涛声

转眼三天归于虚空
龙湖里其实没有龙
万事皆然多是矫情
糊弄不知晓的视听
扎营龙湖也有风景
友好相处在一湖中
新知故交谈笑风生
掠过湖面之洽洽风

蚊　子

蚊子天仙一样的蚊子
拖着长飘带到处蒙事
你的造访不就为了吃
嘴里哼着小曲喜滋滋
你这嗜血成性的蚊子
怎么就不记一点点事
你的姐妹刚刚被拍死
咋还做这样玩命的事

徒有天仙的装束可是
却没一点天仙的骨子
卖弄风骚毫不要面子
为了揩人血可以就死
你与妓女有什么二致
就是个婊子低三下四
蚊子啊你可不可以是
一只让人高看的天使

快意当前

坐着地球的闷罐车
奔驰在夏至的炎热
漫天乌云又是周末
今天已夏至三天了
窗外的风气势磅礴
闯进屋从屋里掠过
像风驰电掣的动车
时速之快惊心动魄

该凉快了已多少天
被闷热紧紧包裹着
既像裹着一条棉被
又像扛着发烧的祸
病体闹心动弹不得
南方涝了北方涝了
惟独中原一片燥热
今夜会不会有缓和

享受阳光

无论在室内还是在户外
无论在白天还是在晚上
我享受每时每刻的阳光
不能直接享受我就在晚上
享受享受着阳光的月亮
就算连月亮都没的晚上
我也定会通过我的想象
享受到我心情里的阳光

大气阳光和水致使生长
在地球上的动植物和人
以及微生物都健康成长
活泼可爱全都像我一样
我像他们一样活在世上
为什么不享受非要沮丧
我才不那么傻像鬼一样
躲着太阳生怕见到阳光

晨 练

喊上太阳跟我一起晨练
太阳懒洋洋有点不情愿
起来吧睡的时间已不短
再这样睡下去会睡完蛋
看你的脸红的肺痨一般
都是晚上熬夜吸太多烟
早晨空气好出外转一转
比你睡懒觉要好万万千

太阳慢条斯理从地平线
爬起来露出笑嘻嘻的脸
嘴里嘟囔着谁也听不见
撅着那嘴看红唇一点点
一张大脸盘杨贵妃一般
唐朝大美人样就是好看
一幅仕女图呈现在眼前
不知是太阳还是我家眷

微风掠过

微风掠过地表的瞬间
我像万物回归大自然
心在风中找到了期盼
人在风中找到了答案
我就是一茎草的叶片
我就是一粒沙的干旱
我就是一尾鱼的悠闲
我就是烂漫的一座山

风轻轻地把我给咀含
风轻轻地给了我缠绵
我感受着风的这分缘
我感到风是这么柔软
痒痒的分明是我的脸
香浓的可是风的舌尖
那是我的心被风轻舔
那是风多情地逗我玩

世间悲剧

游鱼悠闲地撒着欢
像似遛狗人的爱犬
引来鸟儿飞落岸边
如同过路人的搭讪
鱼儿不解鸟的可怜
浑然不知这种危险
嬉闹着当成逗着玩
投下的香饵叫垂涎

湖岸上的鸟在围观
企图把鱼儿叼上岸
施展他的生动表演
了却他长久的心愿
鱼儿接受鸟的调侃
摇着尾巴游到跟前
一嘴下去如鸿门宴
狗也是这样上西天

夕阳的眼光

夕阳的眼光透着几分沮丧
总怕人不睬他所以才这样
就要离任的人也跟他相仿
从眼里就能看出心里哀伤
不是炙手可热时眼前胳晃
颐指气使怕人不知他姓王
五日京兆尹就是此刻的样
余热将尽可怜的岂止张敞

夕阳的眼光流着一种渴望
如果再来一回保准不这样
谁信呢除非那乌鸦的翅膀
不是黑色哪怕白色或者黄
大势已去你就别怕有晚上
曾经的神气还不胜个月亮
夕阳含着泪一副可怜的样
既有当下当初你要什么光

暴　雨

天趴在地上恣意那股酣畅
淋漓的暴雨像一碗迷魂汤
让大地身心陶醉扭动欲狂
一阵阵高潮来自她的鼻腔
灵魂出窍简直已势不可挡
天地交合比人可还要疯狂
这一切来得竟然料非所想
给人的感觉脑海一片汪洋

江河泛滥了常态下的紧张
山川疏软得就像瘫了一样
大地已不是大地而是放浪
不顾一切地让自己上天堂
享受天赋予给她的不一样
平日里的一切矜持一扫光
呈现出比荡妇还放荡的浪
天满足了地渐渐收起翅膀

镜　湖

鱼儿湖里游如一个个念头
从湖心里蹿起游弋到眼眸
一圈一圈的水纹传向四周
让人眼瞅着湖水捉摸不透
那是湖水在动脑筋像星斗
挂在夜空把天的心眼表露
聪明的事物就是这样灵透
爱动脑筋看上去没有忧愁

湖面很平静能照见天里头
云彩在飘荡飞鸟在翔自由
内心的变化毫不避讳外头
一尾尾鱼正如潜意识建构
湖心里想的什么深藏不露
恐怕连她自己都说不清哟
湖面抽搐一下像脸上肌肉
可能是尴尬让她这么一抽

叹为观止

城市的线条如此清晰
在一场雨刚过后之际
鼻尖上的汗还未拭去
更加出脱了这分美丽
高楼都穿上了布拉吉
马路边上两排树耸立
像双排扣镶在脸前壁
看得天空一脸的惊奇

这是人间还是天宫里
怎么脑海没一点记忆
噢雨后春笋是说这里
海市蜃楼或许也未必
天空睁大眼清澈见底
像蓝眼睛的外国女婿
这是中国是中华大地
声音来自蓝眼睛嘴里

虫草

一个白昼被夜吞没不知不觉
另一个白昼在夜尸体上复活
就像冬虫夏草太神秘莫测了
白天犹碧绿的草夜如虫的壳
日日夜夜把冬虫夏草演绎着
瞧刨出的冬虫夏草这就是我
我的经历已被冬虫夏草铭刻
在小小的形态上竟如此奇特

一枚小小的虫草如历史长河
里的一粒沙焕发出来的气魄
被视为山珍海味的一种调和
小小的虫草仿佛在向人诉说
高寒的地带和那一望无际的
碧绿是与天地万物间的融合
非玉非金身价没有那么高额
怪人自作多情吹嘘得了不得

写　生

眼前的山已今非昔比
小小的村落如在画里
画龙点睛山有了灵气
人文与自然融为一体
看本色透着那精神气
而绿色让她盎然生机
祖祖辈辈生活的蜗居
已被改造得翻天覆地

太行之山绵绵八百里
山清水秀南太行物语
爱山的人都会来这里
寻找仁者才有的无敌
乐水的人都会到这里
找寻智者留下的足迹
小小的村庄扬眉吐气
络绎不绝的都是惊奇

跟灵感香一个

你离我很远我的灵感
只能飞一个吻给你看
多想香一个在你脸蛋
或者你的额头或指尖
那只是个梦无法实现
所以心不免感到遗憾
遗憾中嗅到你笑的甜
宛如阳光正熏风扑面

你让我不安我的灵感
就像蜜蜂飞过我脸前
有心抓住你又没那胆
怕你蜇我不知怎么办
恍惚中看到了你灿烂
一笑的样子这么好看
跟你香一个其他不管
哪怕蜇得我彻夜难眠

老大徒伤悲

头上又多了几根银簪
在黑发里面银光闪闪
这是头发留住的时间
这是岁月被沧桑所染
在我戴上第一根银簪
就感觉人已到了中年
忍痛将其拔下的瞬间
顿时感觉头发变松散

越来越多的白发竟然
悄无声息地突然出现
残忍的镜子把人摧残
更残忍是别人的惊叹
岁月已老脸不像是脸
年纪的车轮碾出一片
这横七竖八的斑马线
能怎么办又能怎么办

怀 想

如果父亲在一定会有办法
帮我解开我解不开的疙瘩
弄来的树根我已没心情玩
堆在那里堆满了阳台一角
懒得打理懒得去理那物件
荡满了灰尘像受气的小孩
仙鹤立不起来须倚着墙边
才能立起来别无其他办法

为了立起来我想了好多法
最终都不奏效至今还没辙
一次次的实验一次次泡沫
搞得我心灰意懒为这一摊
如果父亲在一定会有办法
帮我出主意帮我想着点点
父亲不在了事情还在身边
咋不叫人想念父亲的生前

向晚意洽洽

又是周末天空还是那天空
不知司空见惯算不算风景
天上的云遮住夕阳的云层
如厚厚的棉被盖在人头顶
正是处暑刚出伏天的光景
闷热已变得没先前那么重
冲上个热水澡浑身都轻松
不知还有什么比这更受用

熟视无睹是人最大的毛病
再好的风景也不会当风景
浓浓的绿色显得这般茂盛
柿子都结得像一个个柠檬
盆里的花草骄傲地不作声
透出的自豪鹤立鸡群当中
地上的绿毯把小路托掌中
捧着路上的人那么有风情

潜艇归航

在夜海上在我房间的船舱
潜入夜的深邃此刻我在想
我会浮出这黑夜迎来曙光
温柔的光线宛如海的波浪
这是海水还是空气这么凉
裹着我的楼裹着我的眼光
望里黑黢黢不见游鱼徜徉
跟电视看到的完全不一样

潜行在夜里发动机在思想
运转运转运转一定不白忙
看着写成的小诗如鱼入网
尽管不是在甲板而在纸上
依然活蹦乱跳超出了想象
我满载而归迎着这缕曙光
心情愉快像赢了钱的赌王
夜被我耗尽耗尽在赌案上

惊世骇俗

惊世骇俗的鲍鱼选美
最感性福的还是评委
连吃带用都不用自费
运气好了倒贴赚恭维
看这只处女鲍多妩媚
鲜嫩中微微翘着点嘴
那形状那颜色淌着水
比世上最美的花还美

继美胸美腰美臀美腿
到美足美甲美手美嘴
选美已覆盖各个部位
再往深入是扒开两腿
一探身体最隐秘部位
有人说这是猥亵行为
有人说这是公开犯罪
而权威却说这是审美

楼顶的蜗牛

楼顶的蜗牛经受多少艰辛
爬上了楼顶自以为人上人
可怜的蜗牛失去了生之本
待在楼顶上只等寿终正寝
天国的光芒看上去多可人
又有谁知道那不就是死神
能上不能下多教天空伤心
可恨之处创造了可怜的人

自命不凡的蜗牛啊真愚蠢
扒高上低以为自己是超人
看这可怜的蜗牛多像些人
一心爬高竟忘了退路无存
爬上去不是他最初的兴奋
而是久而久之的荒谬绝伦
楼顶的蜗牛对死神的抚扪
人是不知道啊是爱还是恨

夜 趣

我被蚊子亲了脸留在上面
一个疙瘩痒得我坐卧不安
这不是情人的吻不是爱恋
而是一种恼怒发生的根源
这小东西也不分什么时间
夜不休息把我当成了美餐
猛亲你一下像跟你闹着玩
等你有所察觉逃得一溜烟

操起蚊拍我在屋里头打转
痒劲使我骂得它不敢露面
不知躲到了哪儿假装小胆
其实它的胆子大过了凶犯
别看它个头小爱铤而走险
逮住你就亲不管愿意不愿
刺刺啦啦像放了一挂火鞭
那是蚊子被电蚊拍给烧炼

家赞

树行子耶松墙子
小桥流水花园子
乌桕绿来柿树青
池中红鱼仿蜻蜓
狗儿乖哟邻里睦
比比皆是最佳处
天不大来地不广
甬道两厢列楼房

满眼的庄严肃穆
怎叫人不无遐想
亭亭玉立的院落
莫非这就是天堂
这里的太阳月亮
都别有一番景象
从树叶中间筛落
大白天也披星光

沁人的秋雨

清新空气报告了昨夜的雨
潮湿的地面是雨溮过的地
草叶青青虽然是一言不语
但是天空并没有怪她之意
云层在天上还是那么浓密
并没有打算一声不响散去
天在沉思用一脸深不见底
捉摸不透的那样一种玄机

终于凉快了感觉沁人心脾
让人告别了夏天那段暑季
孩子们也都开学了上学去
学更多的知识来武装自己
天空就像妈妈疼爱着子女
用她的爱心把大地来哺育
大地望着天空充满了感激
像似在说天空妈妈感谢你

享 受

趁着还能呼吸多吸几口空气
不要等到输氧方恨后悔莫及
瞧多么清新尤其在雨后之际
每一缕空气都像注入了花蜜
这分清醇香浓简直无与伦比
回肠荡气并直感到沁人心脾
湿润的感觉滋润着人的肌体
像那些花草焕发出勃勃生机

天的面容即使像这般的忧郁
也能看出亏不了保养的功绩
这分光洁这分大自然的赋予
都来自湿润无可替代的神奇
好的肌肤让人感觉神采奕奕
就连无精打采都像扬眉吐气
金钱社会只有这免费的空气
足以自给并且不用怕遭通缉

我最喜欢的菜

我最喜欢的菜就是你的爱
色香味形俱佳再配上穿戴
无论盘面有没有花不妨碍
你的美和你散发出的光彩
你的高雅和你善良的表白
都让我折服像身边的云彩
腾云驾雾的感觉呀真不赖
如上天堂把扰扰尘世抛开

我最喜欢的菜就是你心态
无论有没有赞赏都不胡来
你被大自然的刀工雕出来
再佐以热油锅里的那世态
横空出世盛在自我的情怀
让香味扑鼻让美接踵而来
我被你俘虏只能不得不爱
品赏你的性情跟我太合拍

夜听秋雨哭夏

如嘤嘤哭泣又似窃窃私语
窗外有人在影响我的情绪
探头帘栊外听得仔仔细细
原来是簌簌下得一场秋雨
雨声切切像生了多大的气
宣泄出来不再憋屈到心里
时已至白露前一天的夜里
说不清为了天还是为了地

或许都不是是为了她自己
为了那爱如胶似漆的夏季
因为处暑就要离我们而去
告别了三伏再不会有热气
伏天的光景印在她脑海里
赤裸裸的爱就像人不穿衣
一场秋雨一阵寒寒彻心底
仿佛见雪花飘飘潜入梦里

矫情的秋雨

秋雨如此重情让人很震惊
没想到秋雨会为爱而心痛
过去的事没必要再动感情
更没必要一想起就泪飘零
看这秋雨哭得街面都泥泞
伤透了心让人看着就同情
嘤嘤的哭泣为了什么事情
别只管哭说出来给大家听

秋雨抽搭着并没有马上停
依旧在哭泣像似刹车失灵
不用担心她她不会不要命
不会往沟里开毁了后半生
就看她哭能哭成个什么精
难道说还真能把天哭个洞
悲秋之为气古来已有述评
还不是秋雨哭得人成冰凌

白　露

白露一个美丽姑娘的名字
圣洁得就像雪山上的水质
汇成长江汇成黄河汇成诗
汇成中华民族流传的故事
秋水伊人美丽从这里开始
白露为霜蒹葭在头顶展翅
携着中秋一个团圆的日子
朝人前飘来宛如凌波仙子

白露携中秋看已双双而至
一前一后迈着轻盈的步子
尤其白露出落得那么标致
简直想不到画卷上配着诗
白露的那美就像她的名字
凝红滴翠没有半点的杂质
与中秋相较更显得有气质
难怪白露是中秋节的信使

中秋走秀

迫在眉睫的中秋像玉挠头
簪在发髻上衬托得人很牛
这不是古装戏里演的皇后
也不是公主驾到花团锦簇
而是时装表演T台的怀旧
在新时代依然吸引人眼球
面似皓月当空一点不别扭
反而把传统的美表现个够

中秋来了这个传统节日哟
几千年来一直在人心里头
占据重要地位从来也没丢
并且赋予了新的欢度理由
权力社会人情还是要守旧
一屋不扫何以扫天下能够
立足于眼前的还是那铜臭
看跑官送礼还是大兜小兜

蒙冤的月亮

中秋那个夜天上有一轮月
清清亮亮并非代表了什么
都着会圆的月亮一定会缺
而不是像太阳永远是圆的
月亮并没有去戳穿人的错
而是默不作声听凭人就错
并不是月亮真的会圆会缺
只是人的感觉被眼睛骗了

月亮就像太阳本身是圆的
挂在空中并没有改变自个
人们的观念就那么延续着
从古到而今坚持一错再错
文学仅是文学不等于科学
而人自欺欺人宁信瞎胡说
相信自己眼睛不相信科学
是人无时无刻不在犯的错

背 叛

九月九日从人记忆中消失
人已忘了这是个什么日子
眼角的泪痕仍然有点潮湿
谁知道这就是所说的历史
历史已经磨灭竟鲜为人知
除了为钱打幌没人当回事
曾经的失声恸哭如水流逝
再也没人念叨那一段日子

记得那年刚开学还没几日
宣布放假回家才知道此事
忙乱的大人表情全都凝滞
搭起的灵棚说主席他已死
举国上下竟全都一个样子
四海哀哭哭得不像过日子
四十二年过去了再想此事
是傻还是精已经不得而知

秋风无情手

飕飕凉风开始与人交手
对抗中看谁能打败对手
哟瞧秋风冲过来的拳头
有惊无险活像一条泥鳅
动作之快一点机会不留
蹩蹩蹩容不得对方还手
人在秋风下喊着哎哟哟
虽伤不着但已看见苗头

秋风越战越勇满是劲头
打出的拳头像喝的烈酒
秋风越刮越烈刮到寒露
恐怕人就再也招架不住
冬天的风简直就是杀手
跟他过招招招都把命求
趁着还没输赢赶紧开溜
别等到败下岂不是找羞

北国之秋

苍苍家园笼罩在雾色里面
绵绵秋雨从天上下到人间
雾里看去需要先透视雨帘
才能看到水帘洞外花果山
累累硕果已挂满枝头上面
丰姿绰约看得人舌根流涎
这哪里是北国分明是江南
烟雨蒙蒙一幅绝美的画卷

小桥流水更增添了人贪恋
最富诗意的还是那座假山
虽没见瀑布却透着分灵感
瀑布的印迹正向眼里发散
水里的锦鲤玩得满心喜欢
在这种环境里简直赛神仙
而北国的一切都膀大腰圆
惟有这些好似在梦里缱绻

大美在秋

北国的美美在冬天的雪景
比那更美的是秋天的风情
这金黄满眼的丰收的喜庆
让人赞不绝口甚至于忘情
人需要享受美更需要活命
没见过饿瘪肚子的人矫情
人生最重要的事就是活命
命没有了拿什么开心高兴

窗外的天虽有些懵懵腾腾
但并掩去不了这一份心情
成熟的果实把人的爱唤醒
让人享受最真最朴实的情
享受不单是富人的事老农
也有自己的享受并且更醒
其实最懂享受的人是老农
他把别人的生命当成感情

绵绵秋雨

秋下的不是雨而是爱
是对暑天的无法释怀
曾经的恨变成了畅快
这是给自己一个交代
鲜明的对比像在表白
世界不独为人而存在
淅沥沥的雨多么欢快
像个人似的逍遥自在

雨给了秋又一个平台
让秋在雨里又活过来
过激的热切把人伤害
让人在自己之中挣揣
终于把冷静等了回来
不再对酷暑耿耿于怀
这是不是超脱或悔改
秋在日子里面乐开怀

天人若许

雨停了天空破涕为笑
一轮明月正然当空照
云彩散去苍天不再闹
放眼望去竟挂在树梢
树上的雨还往头上掉
刚下过雨怕人不知道
这算什么事如此可笑
怎么天空也这么爱闹

喜怒哀乐没有好不好
伤心就哭开心了就笑
急了该跺脚时就跺脚
烦了该挑眉毛挑眉毛
何必难为自己戴个套
把自己折磨得没处找
人可以说是哪点都好
就是自欺欺人改不掉

中秋夜月愁煞人

天空该如何散去这一天的乌云
月亮打算怎样跟大地暧昧眼神
躲在云幕后还是露出来半个身
甚或还犹抱琵琶不敢出来见人
不会是满脸堆笑如一个老风尘
斜杀出来像风月场那么招呼人
还是羞羞答答貌似一个小女人
轻解罗裳手执罗裙亮开那嗓音

多想你能够看上去那么有精神
粉面桃花开在我依依不舍的心
多想你能够像从前那么体谅人
所受的委屈和打击能在所不问
天空包裹得就像那套子里的人
生怕见风被风吹得找不到了魂
月亮不露面像故意跟人玩深沉
看不见面孔中秋岂不会太伤心

中秋赏月

今晚的月亮估计得上火星上看
地球上被云彩遮得啥也看不见
虽说算不上伸手不见五指的天
可是黑得也够吓人需要带手电
这情况不能不让人想起前些年
即使天再阴月亮也还是会出现
无非是早一点或者时间晚一点
哪怕到半夜月亮也会出来相见

连日的雨下得一直也没有个完
就在刚才还似下非下耷拉个脸
不知为什么要逆着传统而改变
该不会是环境遭破坏大气变暖
人也太可恨非要把环境给搞乱
就像日本搞得那个什么核电站
自作自受告诉人人暗算不过天
还赏什么月趁早换一种办法玩

烟雨丽人

雨中的家乡看上去不一样
高楼大厦都披上了迷彩装
像烟视媚行的一个个姑娘
这般撩人撩得心里直痒痒
想抱上一抱却怕她嫌我脏
满身的烟味会不会把她呛
会不会招惹她不喜欢这样
说些嗔怒的话该羞惭难当

池中的游鱼和眼前的球场
看出我心思笑得什么一样
一脸雨水掩饰不住笑模样
特别是游鱼显得有点轻狂
从雨里探出头冲着我扮相
扮一个鬼脸让我胆气大伤
本是人之常情何必要这样
爱美之心人人有我也一样

城市画卷

这些搂这些大厦让人惊讶
一座座标致得像一枝枝花
颀长的花茎亭亭立在那儿
放射出最具魅惑的电火花
有的像登天梯有的像剑麻
耸立在闹市一点也不尴尬
无限风光引得人翘首望她
这哪里是建筑分明是奇葩

尤其到夜晚看那霓虹灯下
忽闪忽闪的是她那身披挂
银的白金的黄还有绿汗褟
跳着街舞放着高音大喇叭
招徕过往行人直往怀里拉
目不暇接可不都是外地娃
本地人也像入桂林山水画
拔地而起插入云霄的楼厦

天漏了

天漏了漏了一地凉爽
也漏了一地水像消防
队员们一起操起水枪
冲大地直浇人变落汤
鸡大地变得一片茫茫
还真见效把暑热难当
顷刻给浇灭在地面上
缔造一个秋供人分享

天漏了却看不到月光
连星星都漏得没地方
漏到了水里还是山上
还是漏到了其他地方
谁也找不见干急得慌
忽想起女娲始祖娘娘
或许她能帮上什么忙
快请她来把天给补上

雨停了

雨停了停的感觉反而不适应
到处是潮气让人如同染了病
被褥的霉味木地板的湿冷冷
熏得人都找不见自己的鼻孔
电脑受潮了电视机模糊不清
更模糊不清的是受潮的天空
天空的云幔受潮得最为严重
湿漉漉的样子像浸了水那种

天空下的地面草木倒很喜庆
青枝镶绿叶好一派扑扑棱棱
零星的花朵点缀在绿色当中
显得真娇艳如黑夜里的疏星
又如几张脸好看得真不能行
就像庞德在地铁车站见那种
潮气包围着人不知包围几重
人山人海如车站码头的情景

八月秋风似砍刀

八月秋风似砍刀谁在咆哮
一定是刽子手在嗷嗷乱叫
他要杀人对着这些个弱小
凶巴巴举起那把鬼头大刀
刀起刀落的瞬间一支飞镖
迅疾飞来正打在他的后脑
那是阳光给人带来的吉兆
命有救了大家伙齐声叫好

阳光的暖意让人把拇指翘
只能说一声好心会有好报
恶虎架不住群狼阳光没招
徒然眼巴巴看着人而懊恼
秋风恼羞成怒跳得更加高
今天不砍了你叫你活不了
白色恐怖把世间完全笼罩
就连阳光都不再出来阻挠

雨洗过的城市

雨洗的城市像刚洗过的脸
眉毛是眉毛眼是眼最好看
是白里透红的脸蛋和鼻尖
闪着光如打开的三把手电
照得人都感到有些个刺眼
那亮度一看就知充满了电
连上面的血丝都清晰可辨
鲜灵灵的还透着一股香甜

谁不想亲一口肯定是脑瘫
就算亲不了心里也会挂念
多像美人出浴那么惹垂涎
快别再问了我已忍到极限
你还问想把我变成强奸犯
充其量也就是强奸未遂犯
道德在美面前已失去忌惮
对美的追求让人色胆包天

正午时分看月亮

月亮真牛正午还在天上悠
悠悠的月亮啊看了直挠头
不知为什么待到这个时候
早该下班去就是赖着不走
想找领导说事还是有图谋
在人眼前晃把人的眼光钩
搅得人心都乱成了一锅粥
莫不是还有不能说的隐忧

正午时分看月亮确实荒谬
但是事实如此就在楼西头
煞白的月亮让人看了心揪
不知道月亮为何如此执拗
蒙了不白之冤还是啥理由
赖到正午就这么远远地瞅
几乎没人相信月亮还没走
就算眼见的人都认为虚构

一带远山

一带远山一幅优美的画卷
像条腰带系在城市的外面
上半身是蓝天下半身地面
地面上的楼如同缕缕炊烟
又如雨后春笋那么地好看
虽然看不太清距离有点远
但是能感觉到就挂在眼帘
若不是清醒一定当作梦幻

远山显影处是我故乡的园
那里有我的乡亲也有眷恋
还记得父亲带我回老家看
古朴的房屋就坐落山脚边
离穆桂英大战洪洲城不远
过了金河小屯也就该拐弯
一条新修的村路到村里边
而今新房林立旧貌换新颜

秋　夜

清凉凉的夜啊秋的体香
扑面而来那真个叫做爽
不需要香味只须这点凉
不冷不热正好穿春秋装
无论有没有风都不影响
对秋的好感和大加赞赏
就连飘落的黄叶都绽放
美丽而自信的那股芬芳

夜美女穿着紧身衣的样
凸凹有致看了不无遐想
高耸的胸向上伸的颈项
还有小蛮腰映衬下的腚
都像磁铁吸引人的眼光
最摄心魄的还是明月光
就像白白净净的脸一样
照着人照着大地的向往

生活若此

我在发呆你在干什么
世上的人都来说一说
这世界上不单你和我
还有上百亿人那么多
也在和你我一块活着
有的在思忖有的工作
有的在消遣有的寂寞
还有许多人无事可做

别说谁的活法不算活
别以为世上只有自个
世界是大家的像口锅
每一勺羹都会有人喝
你喝的你说那是快乐
他喝的他说那是苦涩
这些都无所谓还活着
就是这幕戏里的主角

农历九月初一的下午

下雨了湖面长出一身刺
并不扎手反添不少情致
柔柔的雨软软的刺着实
让人着迷令人叹为观止
清高的仙人掌不足为诗
青青的湖面绰约的风姿
却给人遐想安上了假肢
与湖共舞宛如一首情诗

下雨了湖面长出一首诗
清词丽句唤醒人的神志
问超凡脱俗又更待何时
凭沐清爽眼光投向泡子
雨的湖面汗毛竖得笔直
像少女遭突如其来之势
整个身心都感到很舒适
那是情郎把爱献给天使

拂晓六点钟

辨不清是天明还是灯亮
小雨打湿了灰蒙蒙的墙
茂密的乌桕树发出声响
窸窸窣窣如虫爬在叶上
雨珠滴下来滴落在伞上
吧嗒吧嗒很有节奏的样
如人在器物上弹指打梆
却听不到人亮开嗓子唱

道很拥挤汽车都停两旁
安有报警器的车闪警光
路面上的残叶还不太挡
点缀着地面如贴的花黄
尽头的小湖还是水一汪
湖后的高楼高得仰头望
宁静的庭院有人已在忙
晨练的跑操做饭的厨房

家　园

乌桕树下有一个天然氧吧
这个微缩景观就是我的家
踱步室外感受自然的融洽
吸一口空气能爽掉人的牙
清新的空气真是如诗如画
沁人肺腑那是一点都不假
最温馨的还是庭院人性化
住着几百口人和谐如一家

望穿秋水问天上都有点啥
有星星月亮也有云彩弹花
像一个轧花厂到处白花花
松松软软如树叶把天披挂
交相辉映神仙都一脸惊讶
比世外桃源还要让人惊诧
我爱这里爱这个天然氧吧
更爱这里这是我终身的家

欢度吧国庆

国庆已成了一个简单标志
重要的是有这么一个日子
可以旅游也可休息一下子
除此而外再不会感到别致
曾经的庆祝不再当一回事
纯粹变成了休假让人感知
好长一个假像过春节之势
旅游变成大把花钱的小事

旅游让花钱敢于孤注一掷
过一个长假几欲累坏身子
有钱人比穷人要过得充实
没钱人出门像一个叫花子
欢度吧国庆无论穷富贤痴
别忘了节俭才真是过日子
有几个闲钱别忘没钱之时
非要到处烧包是自己的事

落 叶

黄叶蝴蝶一样飞下来
飞到树冠覆盖的地带
轻轻扬扬飞得很自在
在风中在无风的郊外
叶柄上的大翅膀实在
让人赞赏赞赏到忘怀
黄叶才是最美的色彩
不淡不浓赢得人青睐

每一片黄叶都像节拍
与天地律动响彻天外
着地的瞬间带着天籁
萦绕人心间叩击脑袋
脑袋是一架琴黑和白
琴键都会怀揣着感慨
黑的眼珠和人的眼白
都听到了由衷的喝彩

国庆盛宴

国庆是什么是鲜花的城市
是盛大的天安门前阅兵式
是描写解放战争的影片子
是改革开放人过上好日子
日新月异的变化展露风姿
天宫一号卫星似姗姗来迟
来即不晚代表我们的国势
国力强大永远是我们意志

发展稳定是个不变的宗旨
在稳定中发展让发展振翅
鹰击长空俯看天下的局势
你捣你的蛋我自一副雄姿
南海北海都是我们的家室
江山如此多娇岂容你放肆
万众一心还有什么发愁事
听拉拉蛄叫看庄稼的长势

国庆献礼

国庆我拿什么欢庆你
拿我仅有的一贫如洗
拿我没人在乎的脸皮
还是拿我倔强的脾气
我是不是该拍马溜须
是否该与之沆瀣一气
如不那样我不下地狱
难道他们有谁会愿意

我多想能感受到喜气
多想能为你花干积蓄
可是我已经一贫如洗
又到哪里去创造奇迹
我已不信靠自己努力
能改变这世界的邪气
如果你对我还不嫌弃
就收下这诗作为献礼

十一风情

冷风飕飕不失为一种问候
是有不如无还是无不如有
尽管感觉让人面子上难受
但是心里还是觉得很好受
刻薄的话语外带皱着眉头
俨然大官油滑得像只泥鳅
有人说是风趣有人说赖狗
仁仁智智千万不要随大溜

咬人的狗不叫不咬人的狗
才爱冲着人叫得无止无休
就像这风还能够让人接受
不像有些官简直就是疯狗
十一的风情真充满了引诱
让人浮想联翩停不住了口
气温适宜才是最大的享受
最怕人生一直走不出三九

絮叨的秋风

絮絮叨叨的秋风唇焦舌敝
像机关枪一样扫射着大地
而他自己还以为字字珠玑
连唾沫星都再也没有多余
越吹越干吹得湿润的土地
都干旱得咧开嘴全皴了皮
试看在他之前的芳草萋萋
都黄了颜色跟落叶称兄弟

怪不得先人们悲秋之为气
肃杀的感觉可真让人犯急
别再啰嗦了没有一点意义
谁会听你吹全躲向旮旯里
只有这草木听你胡吹一气
他们没办法只能吞声忍气
向使有点法就不仰你鼻息
更不会随声附和毁了自己

别了国庆

别了国庆你将开始新历程
衷心希望你走得能更坚定
严惩腐败更加地关注民生
走上千万年都还从从容容
六十二年的岁月沐雨栉风
对一个国家来说仅一刻钟
弹指一挥间三十八年光景
如此大的气魄只有毛泽东

改革开放了不能忘邓小平
远见卓识让时代如沐春风
如今更加好到处传来歌声
歌唱好生活歌唱党的恩情
虽然腐败只是生几只苍蝇
但是国家经不住这么折腾
不惩治腐败我看真的不行
不下大力气都难清除干净

我知道

我知道我需要什么有人陪伴
并不需要那些财富或者金钱
我能够养得起没有一点困难
只要她陪着我能守在我身边
再也经不起折腾特别是情感
总感觉这生命是何其地短暂
没理由去折腾不珍惜这时间
或许人生真的隐藏着一段缘

像诗一般生活就是我要的天
不需要浮云和星星月亮纠缠
单调的色彩未免就不是灿烂
看太阳光那是多么美的光线
赤橙黄绿青蓝紫全在这里面
明明睁着眼的人却都看不见
我需要一个人能够把我陪伴
看我的眼神就像看太阳的脸

参　禅

我想让人们过得都比我好
佛祖却投给我一张反对票
他并没有说啥也没发牢骚
而是双手合十且面带微笑
念一声阿弥陀佛转身走掉
我不明白绞尽了脑汁思考
慈悲的佛祖为何出乎意料
是不是我的愿望不合天条

佛祖托梦给我依然面带笑
慈祥得俨然长老谆谆教导
并不是你的愿望不怎么好
也不是你的愿望不合天条
而是芸芸众生心里面缺少
对佛的领悟对生活的感召
他们只是自己如陷入泥淖
走不出来所以要遭受煎熬

牢骚囚徒

不要那么多牢骚对你不好
于事无补并且会增添烦恼
垫脚的石子过去了就忘掉
别去踢它越踢越怒火中烧
它会变成巨石让你更心焦
活活把你压死岂止一只脚
任何事该忘的一定要忘掉
记得越牢越像自己的囚牢

忘记对人来说没什么不好
谁喜欢嘲笑尽管让他去笑
精神胜利法何其不是良药
茫茫人海中什么鱼都不少
生在林子中会遇到各种鸟
不仅有喜鹊还会有恶老雕
不要发牢骚牢骚让心情糟
牢骚是人把自己关进大牢

重阳登高

我站在心灵的高度
望中天的一帘瀑布
太阳如一颗隋侯珠
把光芒撒向了四处
溅起的水花湿漉漉
溅湿了我的衣和裤
大漠孤烟跳起了舞
像笑我的满不在乎

是否想学我登高处
对那瀑布亲眼目睹
她却不能只有嫉妒
嫉妒我的高瞻远瞩
忽觉她像跳天鹅湖
踮着脚尖的芭蕾舞
舞姿优美得像演出
脚尖上显露着功夫

重阳瀚海

过了重阳翻过一架山
飞流直下快如一溜烟
不远处是雪景和新年
上面点缀着圣诞元旦
自此没大节茫茫一片
恰似梦里的林海雪原
日子将在寒冷中残喘
腊八走来祭灶过大年

冬天过去一定是春天
不管她来得早来得晚
重阳既过就抓紧时间
赶快收拾好享受冬眠
胜过像候鸟一样远迁
第一片绿芽如蚕破茧
从土里钻出露出稚脸
那是生命把希望点燃

夕照余晖

游归游归看夕照余晖
似懂人意透着一脸累
那脸高原红霞彩纷飞
笑意吟吟照得心儿醉
那不就是我镜中的美
晒得脸皮如蟹壳吐蕊
白皙已不在化作花蕊
挥别白昼如秋之静美

一口天空龇着牙的嘴
洁白的牙齿让人恭维
红红的脸颊泛着酒醉
喝干了自然山山水水
这是满足给人的陶醉
这是造化吐露的芳菲
游归游归看夕阳落晖
心花怒放最后的玫瑰

生　活

行道的树叶如一条条拉花
有趣的是拉花都一个颜色
翠绿的树叶犹一片片花瓣
被树枝拉着在头顶上搭架
走在树下像走在花廊里边
感觉不错有点像个新郎官
忍俊不禁人笑得如一朵花
交相辉映更显得逗人惹眼

比起天空地方是显小了点
但是小有小的好处易打扮
小巧玲珑的地方有板有眼
最恰到好处的还是这绿叶
绿叶全伸着手无掌状分裂
倒像伸手的孩子向人讨钱
可爱的样多少都得给一点
手伸进口袋才知是个想法

长假的最后一天

长假的最后一天风光无限
南来北往的游客忙往家赶
源源不断不单在火车站前
飞机场里也变得拥挤不堪
铺天盖地到处全都是人脸
像一群群蜜蜂嗡嗡的壮观
采花的蜜蜂全都提着花篮
装满了花粉和拍下的照片

酿制的蜂蜜洋溢在人的脸
笑容可掬能感到那一股甜
虽然还透着股些许的疲倦
但是疲倦毕竟与收获相伴
颇丰的收获早把疲倦冲淡
鼓鼓囊囊是心里的那股甜
长假的记忆将会变成照片
定格在脑海和无限的永远

过 往

晴朗的天上挂着一轮月亮
像一只苹果切掉一块一样
九月将过半就是这种景象
后面接下来是寒露和霜降
国庆七天乐过得匆匆忙忙
眨眼工夫又要回到岗位上
无穷无尽的忙碌像似汪洋
连根救命稻草都不在手上

在汪洋里浮沉一直到死亡
都在挣扎决不会放弃希望
这就是人挑战自己的战场
人这一辈子也真不可估量
柔弱里竟然有那么多坚强
喝几口水都呛得脑袋发胀
依然会扑腾用尽全身力量
哪怕奄奄一息都不会绝望

霜降印象

乌烟瘴气弥漫了城区
烧秸秆味相当的刺鼻
整个城市笼罩在雾里
辨不清眼前南北东西
茫茫一片这是在哪里
究竟是天堂还是地狱
一定不是天堂像地狱
散发着呛人的恶臭气

本来城市给人的美丽
让人流连忘返很惬意
被秸秆这么乱烧一气
连拾荒的人都会逃离
任你的禁令贴在那里
烧秸秆者全当是个屁
比烧秸秆还臭的标语
更像一泡屎让人掩鼻

好雨无须知时节

一场好雨浇灭了焚烧的毒
让人的肺叶稍稍感到舒服
负荷不那么重呼吸变自如
尽管还达不到好空气指数
对老百姓来说已经很满足
不敢有太多奢望过高要求
难道就真得没人能管得住
让这乌烟瘴气来伤害无辜

是执行不力还是其他缘故
老百姓心里能不感到迷惑
口号做成标语还拉起横幅
效果差得比手纸还像屎布
若非这场雨还不知咋受苦
多少无辜的人因此而亡故
找谁来赔偿却是个未知数
和谐社会凡事还得靠政府

在雨弹的音乐里入眠

今夜在雨弹的音乐里入眠
喘息的手指头都弹着琴键
一起一伏发出簌簌的缠绵
这是呼吸在为生命而礼赞
没有急促也没有太多舒缓
平淡无奇中显得非同一般
一双翅膀在空中扑扇扑扇
飞向远方飞向梦里的蓝天

今夜的雨不是来自大自然
而是来自我心血液的循环
左心房啊右心房连成一片
如一阵阵涟漪壮丽了水面
再美的音乐也比不过这点
把梦与现实织成一幅画卷
活着的生命比乐曲还舒坦
更何况这雨正在把我催眠

平明秋色

蔚蓝翠绿组成一首交响曲
响彻在宁静辽远的音域里
高音的白云从大地喉咙里
发出一嗓蒸腾而上的生机
低音的流水浅浅在黄土地
哀婉低回那声音如诉如泣
大提琴小提琴钢琴的魔力
像无数条触手伸到人心里

各种器官与这美景相比翼
飞进耳廓鼻孔眼睛的视力
在宁静中在香芬里这秋季
更显得如天仙翩跹在这里
一天晴朗让云彩像已梳洗
亮丽的颜色奏着那小乐曲
这是女中音唱着秋的美丽
浑厚得简直把什么都忘记

蓝天里的惊怵

一只蜗牛在蓝天里潜行
爬过的地方看见一条虫
这条虫撵着蜗牛在咕容
最后双双消失在了晴空
是一条银蛇钻进了草丛
还是马鳖又回复了原形
那条白练很长时间不动
如蛇蜕弃在那让人惊恐

望着蓝天望得人晃眼睛
心惊肉跳谁也不敢做声
有人看到有人没有看清
分明就是又一杯弓蛇影
仰着头怎如低着头安生
看到这些不愿看的蜃景
噢一架喷气式飞机在动
笑声爆起警车飞速前行

岁 月

地球推着时间丢到海里面
一分一秒以至于千年万年
当太阳从东方升起是察看
海是否填平地球是否偷懒
绵绵不息的地球就这么干
不知从何年到何月能干完
人类诞生了跟地球一起干
缔造了愚公移山填海造田

海一天天地缩小变成地面
转而变成人类活动的空间
夸父逐日而走渴死在道边
弃其杖化为邓林昭示人间
嫦娥奔月而去卫星上了天
人心里再没有了白日夜间
不辞辛苦的人类就像诗篇
吟唱着世界吟唱着大自然

生命赞歌

我将老去像黄叶飘零大地
把生命献给你化作一捻泥
守着岁月让自然生生不息
也让世界能多看到一片绿
葬送我的并不是狂风暴雨
而是岁月催促人老的天地
当我穿上霜雪做成的嫁衣
等着瞧吧春色来把我迎娶

霜雪的婚纱做得多么合体
穿在身上我宛如一个仙女
我把笑容给涂上一层蜂蜜
以此答谢涵养过我的空气
蜂飞蝶舞像春天请的响器
吹吹打打显得格外有生机
我在花丛中虽只是一捻泥
但感觉活着为集体的荣誉

秋天里的城市

秋天里的城市宛如西瑶池
屋宇楼厦都别有一番景致
在阳光之下全都跃跃欲试
欲凌空飞舞一展绰约风姿
才起的那座楼在什么位置
昨天看还没有今天一下子
窜得这么高活像一杆标尺
又像鹤立鸡群箭在弦之势

天不再显得高被这些参差
不齐的楼厦挡得严严实实
犹一幅风景画挂在那丫子
看得目眩神迷好受得要死
在秋天的城市里享受人世
不比到大自然里享受缺失
置身桂林山水之中连脑子
都焕然一新更别说是心事

秋 夜

秋夜就像是一个修女
立在那儿总默默无语
接受灯火城市的顶礼
一盏盏香炉燃着希冀
听城市忏悔传来汽笛
看灯火闪烁扑朔迷离
乡村的指头攥在手里
欲竖大拇哥表示敬意

秋夜不就是一棵菩提
高不可攀且遥不可及
菩提树下的平心静气
躯壳灵魂的表里如一
城市一架文明的契机
把愚昧甩在了郊野里
漆黑的郊野一片静寂
那是修女身穿的教衣

天短夜长的冬季

天睡得越来越早
没下班就把头倒
倒在地上便睡觉
像醉汉一样可笑
地面冰冷又硌腰
而他浑然不知道
躺在地上睡大觉
让人看得直跺脚

一觉睡去不点卯
不知几点算清早
八九点钟还尚早
雾气沉沉夜未消
瘪了八症淤眼泡
蓬头垢面如乱草
血丝直冲眼睛梢
两片黑斑抿嘴笑

夜在寒风中呼号

天寒地冻最可怜是风
特别是夜里声声悲鸣
白天里还看得到物影
而到夜里像钻进斗篷
你听那呜呜的哭喊声
像死了人一样的情形
月光惨淡已不是面孔
就连星星都不像眼睛

鼻不是鼻眼不是眼睛
天像脸一样冻得发红
孝子的腰里系着麻绳
头皮发麻都已经神经
夜哭喊着在这寒风中
哭得都已撼动了窗棂
飘起的窗帘顺着窗缝
像鬼一样窜进人房中

夜听风语

冬天来了你可要警惕
感冒可不是个好东西
小心感冒快御寒加衣
可不要跟冬天过不去
别仗着你有副好身体
肆无忌惮不放到眼里
比你还强壮的是寒气
摧枯拉朽把世界凋敝

冬天来了要懂得回避
要学会顺应学会识趣
别戆着头不知道就里
一味地强调无所畏惧
吃亏的人往往都像你
不知道一年里有四季
春夏秋冬也都有脾气
不会喜欢作对跟自己

写 意

太阳大模大样来到地球上
脸上泛光眼里泛光头更光
万类霜天对她都带着模样
带着勾引透着轻狂透着浪
云彩看到了看到了这景象
舍急慌忙在中间插了一杠
看这份热闹两下里开始抢
直抢得阳光都快要散了架

太阳一言不发油然心花放
一阵大笑接着被乌云遮挡
太阳木讷讷对着两下里望
看地球和云彩哪个势力强
云彩黑了脸像要把泪水淌
哀兵必胜可并不一定这样
地面繁花似锦正竞相开放
大有太阳归她谁也甭想抢

雪 娱

感谢冬天给小麦送来棉被
让庄稼高兴得都合不拢嘴
萝卜白菜洋葱隔年生的味
不用担心旱也不会再缺水
白雪飘飘分明是棉絮在飞
冬天给作物正缝制着棉被
还有落叶和常青的那植被
都在被窝般的雪窝里贪睡

看他们睡得多香都咧着嘴
笑意挂在梦里的那片芳菲
透着香气舒展了人的眼眉
使人仿佛走进童话的光辉
穿着婚纱的白雪公主好美
竟然让人感觉真雍容华贵
那不是雪是人的梦和梦寐
把冰天雪地变成一种趣味

高粱颂

没有磨难就不会成长
没有秋霜红不了高粱
在磨难里人渐渐成长
在秋霜里红透了高粱
面对磨难人是否会想
勇往直前还是该避让
面对秋霜高粱怎么想
她是不是会像我一样

还有柿子树枫叶那样
迎着季节不畏惧霜降
霜叶红于二月花可想
而知磨难成就了辉煌
在磨难里最需要立场
在艰难时最需要胆量
艰难把磨难给了高粱
难道说人还不如高粱

用爱书写生命

饱蘸激情的笔充满了活力
用爱书写生命写一种真谛
爱是生命的内容是人双翼
你和我是彼此的左膀右臂
没有你的爱我只是支秃笔
没有我的爱你会垂头丧气
爱是人类追求的永恒主题
没有了爱生命会变得失趣

用爱书写生命写出来意义
让生命在爱里奋发并举翼
飞得更高飞得更远并且地
不知劳累永远地不知停息
生命被爱带动像一架机器
更确切地说就是一架飞机
翱翔在空中翱翔在蓝天里
直到爱的机场直到目的地

科技之光　太阳

也不知它有没有七情六欲
只知道它隔一段就发脾气
它发起脾气产生巨大威力
能引发太阳黑子活动加剧
据说它十一年为一个周期
能让地球上的动物都绝迹
然后呢动物又悄悄地繁育
重新占领地球这一块阵地

而人类越来越关心其情绪
恪守着不去违背自然规律
就像玛雅人的预言之神奇
不知道里面包涵着何秘密
既然不能穷究就天人合一
尽量去顺应它给人间的谜
两小儿辩日竟难住了孔汲
更何况一般人都是孔乙己

我们是党员

疫情当前我们理应冲在最前沿
因为我们是先锋队我们是党员
平日里人民对我们是多么高看
关键时刻义不容辞才能够彰显
为人民服务是我们应有的表现
全心全意是永远都不变的誓言
哪里有困难哪里就应该有党员
哪里有危险哪里就应该有党员

我们是党的一分子无高低贵贱
我们是共和国的脊梁勇往直前
战争年代党员谱写了壮丽诗篇
和平年代党依然是人民的靠山
灾难降临时砥砺前行共克时艰
灾难过后与人民一道初心不变
我们是党员我们都是先锋模范
我们是党员我们是时代的风帆